Hercules Tornöe

Über den Salzgehalt des Wassers im norwegischen Nordmeere, nach den Resultaten der norwegischen Nordmeer-Expedition

Antigonos

Hercules Tornöe

Über den Salzgehalt des Wassers im norwegischen Nordmeere, nach den Resultaten der norwegischen Nordmeer-Expedition

Unveränderter Nachdruck der Originalausgabe von 1880.

1. Auflage 2024 | ISBN: 978-3-38694-610-0

Antigonos Verlag ist ein Imprint der Outlook Verlagsgesellschaft mbH.

Verlag: Outlook Verlag GmbH, Zeilweg 44, 60439 Frankfurt, Deutschland
Vertretungsberechtigt: E. Roepke, Zeilweg 44, 60439 Frankfurt, Deutschland
Druck: Libri Plureos GmbH, Friedensallee 273, 22763 Hamburg, Deutschland

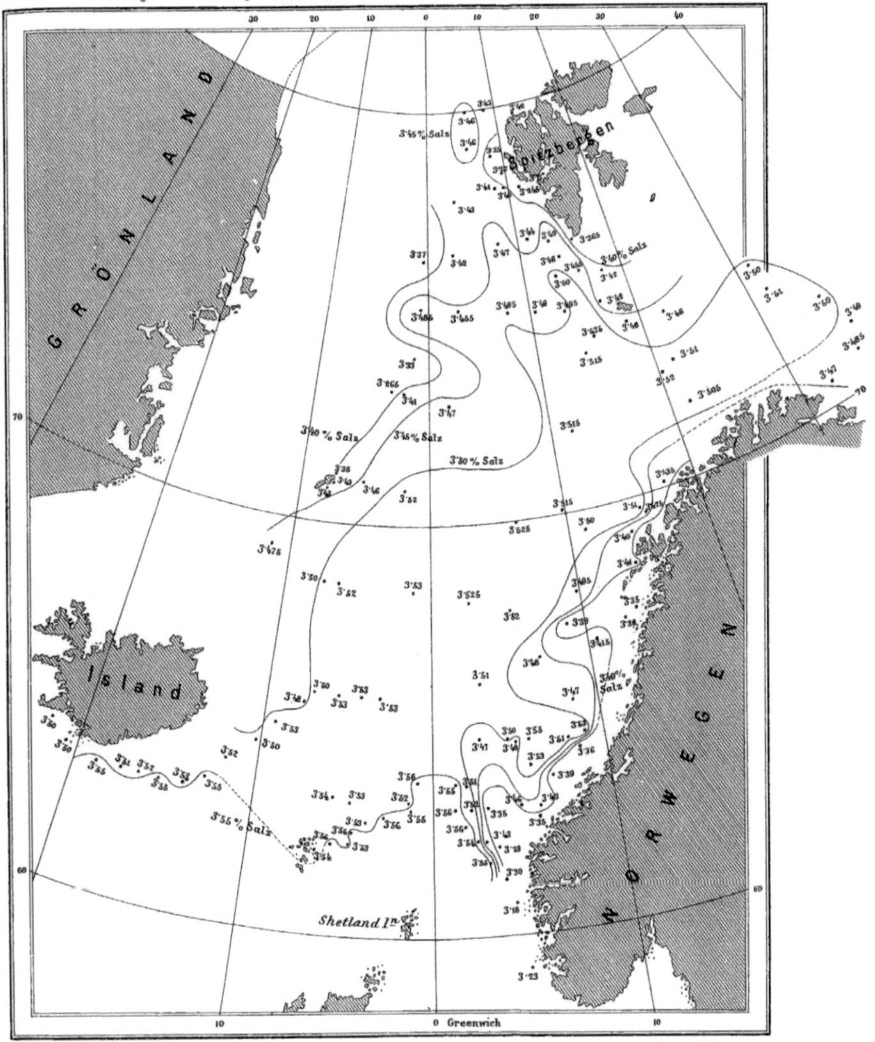

F. Schima lith.   Druck v. d. Wagner Wien

Sitzungsb. d. kais. Akad. d. W. math. naturw. Classe LXXXI. Bd. II. Abth. 1880.

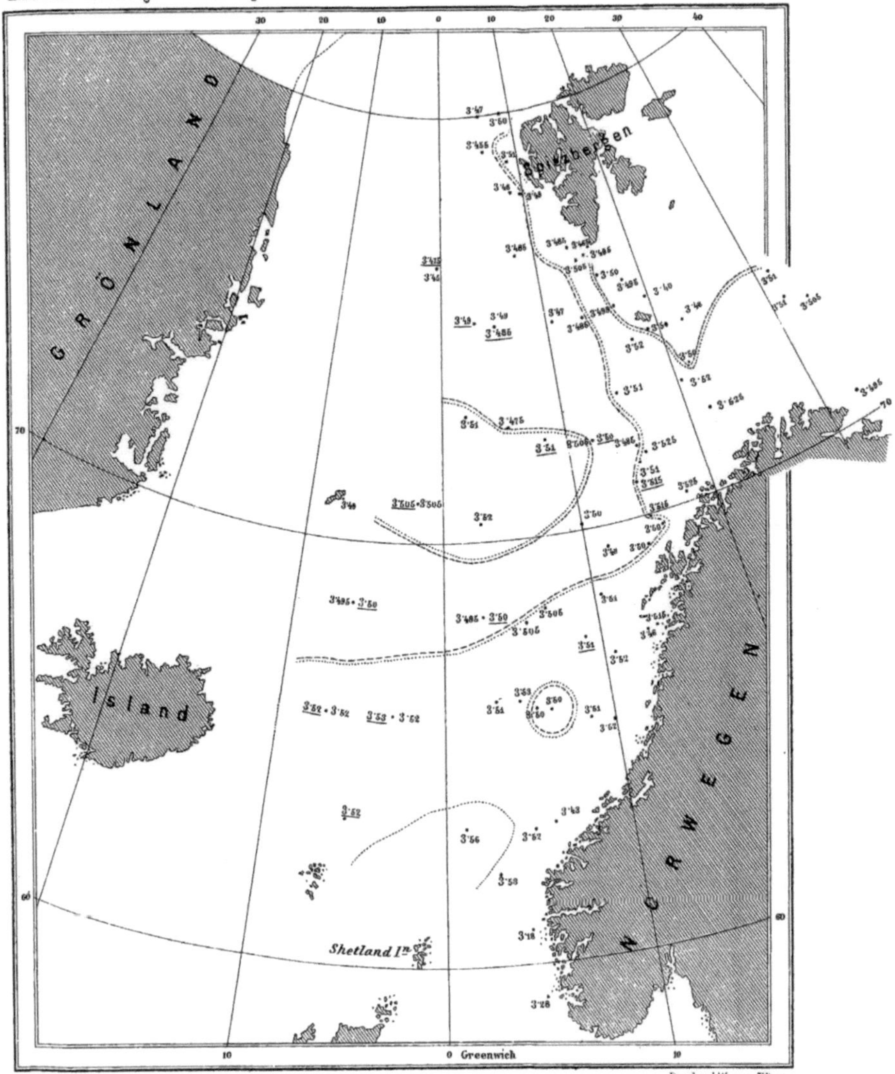

F. Schima lith.

Druck v.J Wagner Wien

Sitzungsb. d. kais. Akad. d.W math. naturw. Classe LXXXI. Bd. II. Abth. 1880.

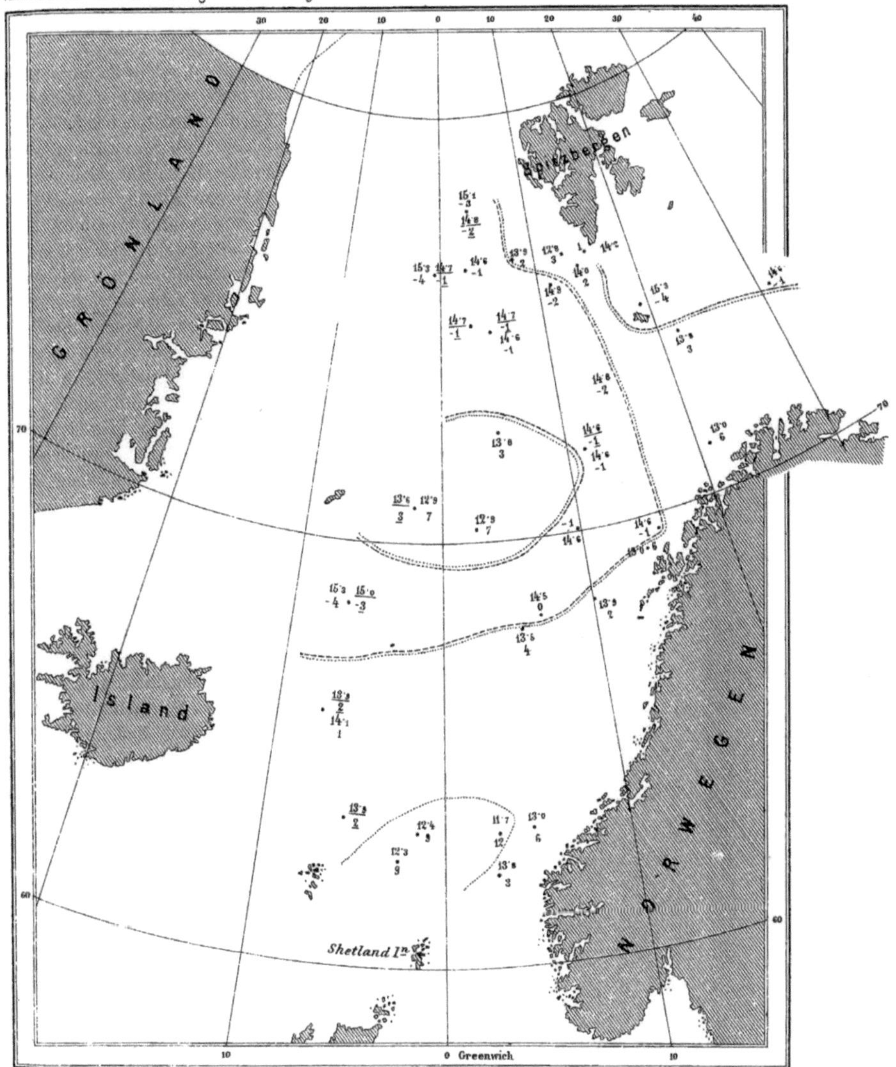
GRÖNLAND
Spitzbergen
NORWEGEN
Island
Shetland Iⁿ
Greenwich

Über den Salzgehalt des Wassers im norwegischen Nordmeere, nach den Resultaten der norwegischen Nordmeer-Expedition.

Von **Hercules Tornöe.**

(Mit 3 Tafeln.)

(Vorgelegt in der Sitzung am 15. April 1880.)

Bei Untersuchungen über die Variationen der Salzmenge im Meerwasser kann man zu den Salzbestimmungen verschiedene Methoden benützen, deren jede in früherer Zeit ausgedehnte Anwendung gefunden. Diejenige, welche unmittelbar am nächsten liegt, besteht in Abdampfung des Wassers und darauf folgender Trocknung und Wägung der als Residuum zurückbleibenden Salze; ein Verfahren, das zweifellos direct zum Ziele führt, als Entgelt dafür aber auch eine nicht unbedeutende Arbeit beansprucht. Als indirectere aber freilich auch ungleich bequemere Methoden erbieten sich die Bestimmungen der Chlormenge [1] oder des specifischen Gewichtes des Meerwassers, aus welchen beiden Angaben dann die gesammte Salzmenge durch zweckmässig bestimmte Coëfficienten sich berechnen lässt, vorausgesetzt, dass man ein constantes gegenseitiges Verhältniss zwischen den im Seewasser enthaltenen festen Bestandtheilen annehmen darf. Die erste dieser Methoden hat neben ihrer Umständlichkeit noch den Nachtheil, dass sie sich nicht in offener See **am** Bord eines Schiffes in Anwendung bringen lässt, weil die Bewegungen des Fahrzeuges den Gebrauch der Wage verbieten, während die Bestimmungen des specifischen Gewichtes mit Hilfe des Aräometers, sowie die volumetrischen Bestimmungen des Chlorgehaltes sich auch **am** Bord sehr bequem und mit leidlich grosser Genauigkeit (sogar bei ziemlich unruhigem Wetter) ausführen lassen.

---

[1] Sowohl hier, wie überall später, wird unter Chlormenge die gesammelte Chlor- und Brommenge verstanden.

Wo man darum keine Sicherheit dafür hat, dass man seine Wasserproben längere Zeit aufbewahren kann, ohne sich der Gefahr auszusetzen, dass sie Veränderungen erleiden, welche einen störenden Einfluss auf das Resultat der Salzbestimmungen üben könnten, und wo man, in Folge davon, ein Hauptgewicht auf eine rasche Untersuchung der Wasserproben in frischem Zustande legen muss, ist man dergestalt ansschliesslich auf Benützung der Chlorbestimmungen oder der Aräometerablesungen als Mass für den gesammten Salzgehalt hingewiesen.

Auf der ersten Ausfahrt der norwegischen Expedition brachte Herr Svendsen, dem damals die chemischen Observationen übertragen waren, zur Untersuchung des Salzgehaltes ausschliesslich Dichtigkeitsbestimmungen in Anwendung, während ich auf den beiden letzten Ausfahrten, neben letztgenannten Bestimmungen auch eine bedeutende Anzahl Chlortitrirungen ausgeführt habe, um durch eine solche Controle den Resultaten eine grössere Sicherheit zu verschaffen.

Zur Untersuchung der im Seewasser enthaltenen Chlormenge führte man auf den beiden letzten Ausfahrten ausser Silberlösung von solcher Stärke, dass 1 CC derselben ungefähr 1 CC Seewasser entsprach, auch zwei auf der ersten Ausfahrt geschöpfte Wasserproben mit, welche dazu bestimmt waren, als Normale zur genauen Feststellung der Stärke der Silberauflösung zu dienen.

Die Chlormenge dieser Normalen in Percenten wurde jedes Jahr, sowohl vor der Ausfahrt der Expedition, als nach ihrer Rückkunft, durch sorgfältig ausgeführte Gewichtsanalysen aufs genaueste bestimmt, wobei sich jedesmal sehr nahe dasselbe Resultat ergab, während bei denselben Gelegenheiten das specifische Gewicht dieser Proben vermittelst der am Bord gebrauchten Aräometer abgelesen wurde. Zum Gebrauch bei allen unterwegs ausgeführten Chlortitrirungen dienten nur zwei Büretten von ähnlicher Construction und Grösse; es waren dieselben, welche von Stipendiat A. Helland bei einer Reise nach Grönland im Jahre 1875 zu seinen Bestimmungen des Chlorgehaltes im Oberflächenwasser des atlandischen Oceans benützt wurden. Dieselben waren damals von ihm selbst mit Hilfe von Quecksilber calibrirt, und erwiesen sich als zum beabsichtigten Zwecke besonders dienlich.

Beim Gebrauch der Büretten wurde die eine mit Silberlösung, die andere mit dem zur Untersuchung bestimmten Seewasser gefüllt, worauf eine passende Portion Seewasser aus der einen unter beständigem Umrühren mit Silberlösung aus der anderen solange versetzt wurde, bis alles Chlor ausgefällt war, wobei chromsaures Kali als Index diente. Nun wurde der Stand beider Büretten abgelesen, dann wieder einige Tropfen Seewasser zur Abfärbung zugesetzt, worauf neuer Zusatz von Silberlösung und neue Ablesung statthatte u. s. f. Aus einer Reihe von 4—5 derartigen, aufeinanderfolgenden Ablesungen wurden in dieser Weise die nöthigen Daten zur Berechnung des Volumen Seewassers gefunden, welches im einzelnen Falle 1 CC. Silberlösung entsprach.

Auf solche Art wurden auf der einen Seite die neugeschöpften Wasserproben und auf der andern Seite auch von Zeit zu Zeit die mitgebrachten Normalen mit der Silberauflösung verglichen, wobei immer dafür Sorge getragen wurde, dass die Temperatur der Wasserproben und der Auflösungen sich nicht zu weit voneinander entfernten. Die Büretten wurden, um einen möglichst guten Ablauf zu erzielen, häufig mit concentrirter Schwefelsäure gereinigt.

Aus den durch diese Beobachtungen erhaltenen Zahlangaben ist nun der Chlorgehalt des Seewassers nach folgender Formel:

$$p = \frac{K\,S\,P}{k\,s}$$

berechnet. In dieser Formel bezeichnet p den Chlorgehalt der untersuchten Wasserprobe in Percenten, k die Anzahl von CC Seewasser, welche 1 CC Silberlösung entsprechen, und s das specifische Gewicht der Wasserprobe bei 17° 5 C, P dagegen die Mittelzahl zwischen den vor der Ausfahrt und der Heimkehr in den Normalen gefundenen Chlormengen, K die Anzahl von CC der Normale, welche 1 CC Silberauflösung entspricht, und S das Eigengewicht der Normale bei 17° 5 C. Derartige Beobachtungen wurden indessen auch auf den beiden letzteren Ausfahrten nicht in derselben Ausdehnung ausgeführt, wie die Dichtigkeitsbestimmungen, wie denn letztere schon von vornherein dazu bestimmt waren, in erster Linie als Mass des gesammten Salzgehaltes zu dienen.

Zur Bestimmung des Eigengewichtes war die Expedition mit verschiedenen Glasaräometersätzen von Dr. Küchler in Ilmenau versehen, die so eingerichtet waren, dass sie das specifische Gewicht des Seewassers bei $\frac{17° 5}{17° 5}$ [1] angaben. Dabei zeigte ein Satz-Aräometer das Eigengewicht von 1 bis 1·007, ein zweiter von 1·006 bis 1·013, ein dritter von 1·012 bis 1·019, ein vierter von 1·018 bis 1·025 und ein fünfter endlich von 1·024 bis 1·031. Die Aräometer waren in Theile vom Werthe 0·0002 eingetheilt, während die Abstände zwischen den Theilstrichen auf der Scala ziemlich nahe 1''',5 betrugen, so dass man ohne grossen Fehler die 5. Decimale abzulesen im Stande war. Zur Ablesung des specifischen Gewichtes der Wasserproben wurden diese in einen Glascylinder gefüllt, der mit einer doppelten cardanischen Aufhängung versehen war, und dessen Durchmesser etwa das Dreifache von dem des Aräometer-Corpus betrug. Das Aräometer wurde jedesmal vor dem Gebrauche sorgfältig gereinigt und abgetrocknet, und dann in die Flüssigkeit niedergedrückt, worauf man dasselbe einige Zeit frei in derselben schwimmen liess, um die Temperatur des Wassers anzunehmen. Die Ablesung geschah längs des unteren Randes des Niveaus der Flüssigkeit, wobei gleichzeitig die Temperatur des Wassers mittelst eines controlirten Thermometers beobachtet wurde. Die Theilstriche des Thermometers hatten den Werth 0° 2.

Dank der vortrefflichen Eigenschaften des von der Expedition benützten Dampschiffes waren diese Beobachtungen bei einigermassen ruhigem Wetter, selbst wenn der Curs gegen den Wind stand, ohne Schwierigkeit auszuführen, während allerdings bei stürmischem Wetter die Schwankungen des Schiffes merkbare, wenngleich kleine Bewegungen des Aräometers hervorriefen. Wenn Wasserproben bei so unruhigem Wetter geschöpft wurden, dass aus diesem Grunde Unsicherheit in ihrer Bestimmung zu

---

[1] Wenn hier, wie mehrfach im Folgenden, der Ausdruck specifisches Gewicht bei $\frac{t°}{T°}$ gebraucht wird, so bezeichnet derselbe stets: das spec. Gewicht bei $t°$, auf destillirtes Wasser von $T°$ als Einheit bezogen. Alle Temperaturangaben dieser Abhandlung sind nach der Celsius'schen Scala zu verstehen.

befürchten war, wurden dieselben desshalb immer so lange aufbewahrt, bis sie unter günstigeren Bedingungen untersucht werden konnten.

Die in solcher Weise abgelesenen specifischen Gewichte müssen indessen in doppelter Hinsicht verbessert werden, insofern man nämlich einmal eine passende Correction anbringen muss, um die bei sehr verschiedenen Temperaturen abgelesenen Eigengewichte auf die gemeinschaftliche Normaltemperatur von 17° 5 zu reduciren, und insofern andererseits der constante Fehler des Aräometers eliminirt werden muss.

Was nun zunächst die Correctionen wegen der Temperatur betrifft, so geben die von verschiedenen Gelehrten ausgeführten Bestimmungen der Volumenänderung des Seewassers mit der Temperatur die Mittel zur Berechnung derselben, indem nicht nur Hubbard,[1] L. F. Ekman,[2] Thorpe und Rücker[3] sehr vollständige Tabellen über diesen Gegenstand geliefert haben, sondern auch Dr. Karsten[4] in ganz specieller Weise eine Correctionstabelle herausgegeben hat, nach welcher man die bei willkürlicher Temperatur abgelesenen specifischen Gewichte auf 17° 5 reduciren kann; stellt man aber die Correctionen, welche sich aus diesen Beobachtungen berechnen lassen, nebeneinander, so erhält man jedoch für die niederigen Temperaturen sehr schlecht übereinstimmende Werthe, und es treten häufig Differenzen auf, welche über 0·0004 hinausgehen. Zwischen den aus Ekman's und Hubbard's Beobachtungen berechneten Correctionen herrscht noch die beste Uebereinstimmung, aber auch hier steigen die Differenzen an einzelnen Punkten bis ziemlich nahe an 0·0001. In Anbetracht dieser theilweise nicht unbedeutenden Abweichungen zwischen den bisher veröffentlichten Untersuchungen dieser Art, schien es mir nicht unbefugt, die Bestimmung der Volumina des Seewassers bei verschiedenen Temperaturen noch einmal aufzunehmen, und ich fasste desshalb den Entschluss, durch eigene Untersuchungen mich davon zu überzeugen, welche

---

[1] Maurys Sailing Directions 1858, 1—23·7.

Kongl. Svenska Vetcuskapsak. Handlingar 1870, 1.

[3] Proceeding of Roy. Soc. of London. 24—159.

[4] Tafeln zur Berechnung der Beobachtungen an den Küstenstationen u. s. w. Kiel 1874.

der aufgestellten Tabellen am besten der Ausdehnung des in dem
norwegischen Nordmeere vorkommenden Wassers entsprechen
dürfte. Theils zu diesem Zwecke, theils aber auch, um die Correctionen der benützten Aräometer zu bestimmen, und die Constanten festzusetzen, mit welchen die Chlorpercente und die Decimalen des specifischen Gewichtes multiplicirt werden mussten, um
die Salzmenge des Wassers zu ergeben, habe ich folgende Wasserproben der Untersuchung unterworfen.

Station Nr.	Breite	Länge von Greenwich	Tiefe engl. Faden	
245	68° 21'	2— 5 W.	0	I
247	68 5·5	2—24 Ö.	500	II
253	Skjär stadfjord		0	III
254	67 27	13—25	0	IV
284	73 1	12—58	0	V
300	73 10	3—22 W.	0	VI
349	76 30	2—57 Ö.	1487	VII
362	79 59	5—40	0	VIII

Der Kürze willen werde ich diese Proben nach der Ordnung, in welcher sie aufgeführt sind, mit I, II, III u. s. w. bis
VIII bezeichnen.

Zur Bestimmung der Ausdehnung des Seewassers benützte
ich ein Sprengel'sches Pyknometer,[1] das aus zwei Stücken
einer und derselben sehr dünnwandigen Glasröhre hergestellt war.
Der innere Diameter betrug ungefähr 13 Mm. Die Röhren waren
am unteren Ende vermittelst eines engen und kurzen U-förmig
gebogenen angelötheten Glasrohres verbunden, und oben war ein
knieförmig gebogenes solides Capillarrohr mit sehr feiner Öffnung
aufgelöthet. Bei den Löthungen dieser Röhren wurde, so viel wie
nur immer möglich, dafür Sorge getragen, dass nur ein kleiner
Theil des weiteren Rohres der Erwärmung über der Blaselampe
ausgesetzt wurde, um zu verhüten, dass der Apparat durch solche
Erhitzung einen anderen Ausdehnungscoëfficient annehmen möchte,

---

[1] Pogg. Ann. 150—459.

als den, welchen das angewandte Glasrohr ursprünglich besass. Das Pyknometer wurde erst 4 Monate, nachdem es geblasen war, zu den Versuchen gebraucht, welche hier beschrieben werden sollen, damit nicht die allen Glasgegenständen während der ersten Monate nach dem Blasen eigenthümliche Contraction in merklichem Grade auf sein Volumen während der Dauer der Versuche einwirken könnte.

Bei den ersten Versuchen wurde das Pyknometer ohne Sicherheitskugel in Anwendung gebracht, später aber, wo es bei niedrigerer Temperatur angefüllt werden musste, wurde dasselbe mit einer solchen versehen, die so eingerichtet war, dass sie über das dickere Capillarrohr hineingeschoben werden konnte. Den Apparat ohne Sicherheitskugel will ich der Kürze wegen als Pyknometer Nr. 1, denselben mit Sicherheitskugel als Pyknometer Nr. 2 bezeichnen. Mit diesen Mitteln wurden nun folgende Versuche ausgeführt, in derselben Ordnung, in welcher sie hier sich aufgeführt finden.

				Wog Gr.	in Luft von spec. Gewichte
1. Pyknometer Nr 1 leer			..	15·9222	0·001200
2.	1 „		....	15·9223	0·001200
3.	1 mit reinem Wasser von 17°5'			44·3153	0·001200
4.	1 „		17 5	44·3156	0·001201
5.	„ 1 „		17 5	44·3151	0·001201
6.	1 III		17 5	44·8097	0·001201
7.	1 III		17 5	44·8093	0·001201
8.	1 „ VII		17 5	45·0742	0·001200
9.	1 „ VII		17 5	45·0738	0·001200
10.	2 leer		..	18·5665	0·001194
11.	„ 2 mit I..	.von	0°	47·7869	0·001198
12.	„ 2 I..		0	47·7873	0·001198
13.	2 I..		0	47·7871	0.001199
14.	„ 2 I.		17°5'	47·7249	0·001201
15.	2 „ I··		17 5	47·7246	0·001201
16.	„ 2 „ I..		20	47·7085	0·001198
17.	„ 2 I.		20	47·7087	0·001198
18.	2 I		8	47·7696	0·001200
19.	2 „ I.		8	47·7702	0·001200

			Wog Gr.	in Luft von spec. Gewichte
20. Pyknometer Nr. 2 mit I.	von	4°	47·7810	0·001200
21.	2	I.	4	47·7808	0·001200
22.	2 „ I....	13	47·7487	0·001198
23.	2 „ I.	13	47·7484	0·001198
24.	2 „ reinem Wasser	0	46·9773	0·001191
25.	2 „	0	46·9776	0·001191
26.	2 leer	.	18·5658	0·001191
27.	„ 1	.	15·9216	0·001191
28.	2	.	18·5656	0·001231
29.	1	.	15·9213	0·001231

Zur Bestimmung des Ausdehnungscoëfficienten des Glases wurde aus demselben Glasrohr ein zweites einarmiges Pyknometer angefertigt. Dasselbe wurde unten zugeschmolzen und oben mit einem Capillarröhrchen versehen, wobei auch diesmal wieder dafür Sorge getragen wurde, die Erhitzung des Rohres auf den möglichst kleinsten Theil zu beschränken.

Um den durch eine zufällige Erwärmung ausfliessenden Theil des Inhaltes aufzunehmen, war die Copillaröffnung durch ein Stück Kautschukrohr mit einem kleinen Reservoir in Verbindung gesetzt. Mit Hilfe dieses Apparates bestimmte ich den Ausdehnungscoëfficienten des angewendeten Glasrohres mittelst gereinigten Quecksilbers, das einige Zeit vor Ausführung der Versuche unter Auskochung in das Pyknometer eingefüllt war. Mit diesem Apparate, den ich als Pyknometer Nr. 3 bezeichne, sind folgende Wägungen ausgeführt.

			Wog Gr.	in Luft von spec. Gewicht
30. Pyknometer Nr. 3 leer		.	10·8654	0·001214
31.	„ 3 „	.	10·8653	0·001214
32.	„ 3 mit Quecksilber. von	0°	195·9265	0·001215
33.	„ 3	0	195·9265	0·001215
34.	„ 3	20	195·3588	0·001205
35.	„ 3	20	195 3592	0·001205

	Wog Gr.	in Luft von spec. Gewichte
36. Pyknometer Nr. 3 mit Quecksilber von 15°	195·4993	0·001205
37. 3 „ 0	195·9276	0·001205
38. 3 leer .	10 8650	0·001203
39. 3 mit reinem Wasser 4°	24·4621	0·001202
40. 3 4	24·4634	0·001190

Alle diese Wägungen sind nach der Substitutions-Methode ausgeführt, durch Ablesung der Schwingungen an einer Wage, deren Empfindlichkeit ohne Belastung sich auf 1·4 Mgr. per Theilstrich belief, und bei steigender Belastung ziemlich gleichmässig bis 1·9 Mgr. bei 200 Gr. Belastung abnahm. Zu diesen, sowie zu allen feineren Wägungen, welche ich in Anlass dieser Arbeiten vornahm, wurde ein Satz Platinagewichte von Deleuil in Paris benützt, deren Correctionen ich im Voraus durch übereinstimmende Wägungen auf einer von P. Bunge gefertigten, vorzüglichen Wage ermittelt hatte. Die Empfindlichkeit der letzteren betrug bei den hier in Betracht kommenden Belastungen ungefähr 0·14 Mgr. Bei den Wägungen wurde immer die Temperatur der Luft und der Barometerstand im Wägezimmer beobachtet, wogegen der Feuchtigkeitsgrad in Ermangelung von Observationen nach Umständen angesetzt wurde, ein Mangel, der indessen keinen merklichen Einfluss auf die Zuverlässigkeit der Beobachtungen ausüben kann, da selbst ein Fehler von vollen $20^0/_0$ in der Abschätzung der relativen Feuchtigkeit der Luft, unter den obwaltenden Umständen das endliche Resultat nur mit einen kleinen Fehler in der 6. Decimale behaften kann. Nach den angeführten Daten ist das specifische Gewicht der Luft während der Wägungen in der gewöhnlichen Weise berechnet und in den Tabellen aufgeführt. Das Pyknometer wurde für jede besonders angeführte Wägung aufs Neue eingestellt, für die Temperatnr 0° in feingestossenem Eis-, und sonst in einem Wasserbade, dessen Temperatur unter beständigem Umrühren constant erhalten wurde. Ebenso wurde dasselbe zum mindesten nach jeder zweiten Wägung geleert, und aufs Neue mit dem Seewasser, dessen Volum zu bestimmen war, gefüllt. Keine Einstellung wurde als giltig angesehen, wenn es nicht gelungen war, die Temperatur zum mindesten 15 Minuten lang so constant zu halten, dass das Thermometer während dieses Zeitraumes keine Abweichung von 0° 1 oder darüber nachwies. Um die Temperatur des Wasserbades abzulesen, diente ein Termometer, welches in Theilstriche vom Werthe 0° 2 mit Zwischenräumen von 0·68 Mm. eingetheilt war. Die Correctionen desselben waren durch wiederholte Vergleichungen mit dem Normalthermometer des hiesigen meteorologischen Institutes bestimmt worden, welches letztere mir zu diesem Zwecke in zuvorkommender Weise von Herrn Professor Dr. Mohn, dem Director des Institutes, überlassen wurde.

Aus den Observationen 32 bis 37 kann zunächst die Ausdehnung der zum Pyknometer benützten Glasart berecheet werden, und man erhält, wenn man die von Wülner [1] berechneten Werthe für die Ausdehnung des Quecksilbers zu Grunde legt, als Ausdruck für den mittleren Ausdehnungscoëfficienten des Glases zwischen 0° und 15° den Werth 0·0000267 und zwischen 0° bis 20° den Werth 0·0000274. Man kann ausserdem auch die Beobachtungen 3, 4 und 5 in Verbindung mit 24 und 25 zur Berechnung der Ausdehnung des Glases benützen, und erhält in dieser Weise, wenn man die von Hällström [2] und von Rosetti [3] bestimmten Werthe für die Ausdehnung des Wassers zu Hilfe nimmt, sehr gut übereinstimmende Zahlen, aus welchen sich als Mittelwerth für die mittlere Ausdehnung des Glases zwischen 0° und 17° 5 0·0000275 ergibt. Nachdem man hieraus den wahrscheinlichsten Werth für die Ausdehnung des Glases ermittelt hat (wobei natürlich die mittelst Quecksilber ausgeführten Bestimmungen vorzugsweise in Betracht kommen), kann man nun zur Ableitung der weiteren Resultate aus den Versuchen schreiten. Man muss indessen hier darauf Rücksicht nehmen, dass die Beobachtungen 1, 2, 10, 26, 27, 28 und 29 deutlich nachweisen, dass das Pyknometer während der Versuche 0·7 Mgr. an Gewicht verloren hat, was sich wahrscheinlich von der Auflösung eines Theiles des

---

[1] Pogg. Ann. 153—440.

[2] Diese Werthe sind auch von Ekman zur Bestimmung der Ausdehnung des Dilatometer benützt, mittelst dessen er seine Versuche über die Ausdehnung des Seewassers ausführte.

[3] Ann. de chim. et de phys. [4] — 17—372.

Glases der äusseren Oberfläche in Folge der beständigen Bewegung des Wassers im Bade herrührt. Die hieraus sich ergebende Unsicherheit kann jedoch bedeutend reducirt werden, wenn man das Gewicht des Pyknometers bei jedem einzelnen Versuche berechnet, unter der Voraussetzung, dass der Gewichtsverlust der Anzahl der Observationen proportionel ist, insofern die Unsicherheit dann kaum noch auf die 5. Decimale influiren wird. Von dieser Voraussetzung aus habe ich später folgende Resultate berechnet, indem ich mir an einzelnen Punkten kleine Approximationen erlaubt habe, welche indessen auf die endlichen Werthe nur mit einem kleinen Fehler in der 6. Decimale einwirken können.

$$\text{Specifisches Gewicht bei } \frac{17°5}{17°5} \text{ von III } 1\cdot01739,$$

$$\frac{17°5}{17°5} \quad \text{VII } 1\cdot02669,$$

$$\frac{17°5}{17°5} \quad \text{I } 1\cdot02691,$$

$$\frac{0°}{0°} \quad \text{I } 1\cdot02845,$$

und als Controle auf die Reinheit des benützten Quecksilbers dessen specifisches Gewicht bei $\frac{0°}{4°}$ zu $13\cdot5963$, sowie die Volumina des Seewassers bei verschiedenen Temperaturen zu

$t°$	$0°$	4	8	13	17°5	20
V_t v. I	1·000000	1·000308	1·000794	1·001654	1·002605	1·003227

Zur Abrundung der nach diesen Beobachtungen construirten Curve habe ich die Methode der kleinsten Quadrate angewendet, indem ich der Gleichung für das Volum des Seewassers bei $t°$ folgende Form gegeben habe:

$$V_t = 1 + at + bt^2 + ct^3.$$

Die Bedingungsgleichungen waren dann:

$$a + 4b + 16c - 0\cdot000077 \quad = 0$$
$$a + 8b + 64c - 0\cdot00009925 = 0$$

$$a + 13\ b + 169\quad c - 0{\cdot}00012723\ = 0$$
$$a + 17{\cdot}5b + 306{\cdot}25c - 0{\cdot}000148857 = 0$$
$$a + 20b\ \ + 400\quad c - 0{\cdot}00016135\ = 0$$

Daraus ergaben sich als Schlusssysteme:

$$5a\ + \ 62{\cdot}5b\ + \ 955{\cdot}25c - 0{\cdot}000613687 = 0$$
$$62{\cdot}5a\ + \ 955{\cdot}25b + 16132{\cdot}37c - 0{\cdot}008588\ = 0$$
$$955{\cdot}25a + 16132{\cdot}37b + 286702\quad c - 0{\cdot}1392135\ = 0.$$

und durch Elimination folgt endlich:

$$a = \ 0{\cdot}0000527328$$
$$b = \ 0{\cdot}00000617375$$
$$c = -0{\cdot}000000037516,$$

oder abgerundet

$$V_t = 1 + 0{\cdot}000052733t + 0{\cdot}0000061738t^2 - 0{\cdot}00000003752t^3.$$

Nach dieser Formel habe ich folgende Tabelle berechnet, in welcher man das Volumen des Seewassers für jeden ganzen Grad angeführt findet, und zwar auch für Temperaturen unter 0°, obwohl die Geltung der Formel für diese Region der Scala nicht durch Beobachtungen gesichert ist.

t°	V_t	t°	V_t	t°	V_t
—4	0·99989	5	1·00041	14	1·00185
—3	0·99990	6	1·00053	15	1·00205
—2	0·99992	7	1·00066	16	1·00227
—1	0·99995	8	1·00080	17	1·00250
0	1·00000	9	1·00095	17·5	1·00261
1	1·00006	10	1·00111	18	1·00273
2	1·00013	11	1·00128	19	1·00297
3	1·00021	12	1·00146	20	1·00322
4	1·00031	13	1·00165		

Zur Vergleichung folgen hier noch die von Ekman gefundenen Werthe für das Volumen von vier Wasserproben *A, B, C* und *D* mit den specifischen Gewichten bei $\frac{15^{\circ}}{15^{\circ}}$ 1·01603, 1·01982. 1·02306 und 1·02695.

$t°$	V_t von A	V_t von B	V_t von C	V_t von D
—5	1·000145	1·000061	0·999983	0·999902
—4	1·000087	1·000020	0·999959	0·999894
—3	1·000044	0·999994	0·999948	0·999904
—2	1·000015	0·999983	0·999953	0·999922
—1	1·000001	0·999985	0·999969	0·999955
0	1·000000	1·000000	1·000000	1·000000
1	1·000019	1·000035	1·000043	1·000062
2	1·000047	1·000083	1·000100	1·000136
3	1·000096	1·000142	1·000168	1·000220
4	1·000154	1·000213	1·000249	1·000315
5	1·000223	1·000296	1·000344	1·000421
6	1·000305	1·000390	1·000450	1·000537
7	1·000399	1·000495	1·000567	1·000664
8	1·000504	1·000612	1·000696	1·000801
9	1·000621	1·000739	1·000836	1·000948
10	1·000749	1·000877	1·000985	1·001104
11	1·000888	1·001026	1·001145	1·001272
12	1·001038	1·001185	1·001315	1·001449
13	1·001199	1·001354	1 001495	1·001635
14	1·001370	1·001533	1·001683	1·001831
15	1·001551	1·001719	1·001880	1·002038
16	1·001742	1·001925	1·002085	1·002250
17	1·001943	1·002134	1·002299	1·002473
18	1·002153	1·002353	1·002520	1·002705
19	1·002373	1·002582	1·002749	1·002946
20	1·002601	1·002819	1·002984	1·003195
21	1·002839	1·003062	1·003227	1·003453
22	1·003085	1·003321	1·003474	1·003719
23	1·003340	1·003588	1·003728	1·003993
24	1·003602	1·003861	1·003988	1·004275
25	1·003875	1·004144	1·004253	1·004565

Für die von mir untersuchte Wasserprobe I ist nach den von mir beschriebenen Observationen das specifische Gewicht 1·02691 bei $\frac{17°5}{17°5}$, oder (nach einfacher Reduction) 1·02707 bei $\frac{15°}{15°}$ gefunden worden, während Ekman für die Wasserprobe D das specifische Gewicht 1·02695 bei $\dfrac{15°}{15°}$ gefunden hat, und es liegt auf der Hand, dass die Untersuchungen über diese beiden Wasserproben sehr wohl zum Gegenstande einer Vergleichung gemacht werden können. Eine solche Vergleichung zeigt alsbald, dass in allen Stücken, selbst für die Temperaturen unter 0° eine befriedigende Uebereinstimmung besteht, insofern die Differenzen in der Regel 0·00001 nicht übersteigen, und nur bei den höheren Temperaturen, wo sie überhaupt ihre grössten Werthe annehmen, sich bis ungefähr 0·000025 steigern, eine Abweichung, die aber durch Berücksichtigung des Unterschiedes im specifischen Gewichte der Wasserproben sich noch mehr reduciren lässt. Mit den übrigen der obenerwähnten von anderen Chemikern ausgeführten Untersuchungen stimmen die hier beschriebenen Resultate nur unvollkommen überein. Zufolge der von A. Wackerbarth nach Ekman's Beobachtungen berechneten Formel ist die Temperatur für das Dichtigkeitsmaximum des Seewassers vom specifischen Gewicht 1·02707 $= -4'04$; während die Gleichung $\dfrac{dv}{dt} = 0$ mit den von mir gefundenen Coëfficienten die Temperatur $-4°45$ ergibt.

Auf Grund dieser durchgehenden Uebereinstimmung zwischen den Resultaten Ekman's und den meinigen, habe ich es nicht für nothwendig gehalten, die Ausdehnung von Wasserproben mit niedrigerem specifischen Gewichte einer Neubestimmung zu unterwerfen, sondern habe an den wenigen Punkten, wo ich zur Reduction der auf unserer norwegischen Nordmeer-Expedition abgelesenen specifischen Gewichte dazu veranlasst war, ohne weiters die Ekman'schen Beobachtungen benützt.

Mit Hilfe der oben angeführten Werthe für die Volumina des Seewassers bei verschiedener Temperatur, kann man nun die Correctionen berechnen, welche an den bei zufälligen Temperaturen abgelesenen specifischen Gewichten angebracht werden müssen, um für $\dfrac{17°5}{17°5}$ zu gelten. Diese Correctionen, in welche auch ein Glied, das vom Ausdehnungscoëfficienten [1] des Aräome-

---

[1] Als solcher wurde 0·000026 angewendet.

ters abhängt, eingegangen ist, sind im nachfolgenden Täfelchen zusammengestellt:

t°	Correction	t°	Correction
0	— 0·00224	12	— 0·00104
2	— 0·00214	14	— 0·00069
4	— 0·00201	16	— 0·00031
6	— 0·00183	18	0·00011
8	— 0·00161	20	0·00056
10	— 0·00134		

Wo die Temperatur, bei welcher die Ablesung geschieht, sich nicht weit von der Normaltemperatur 17°5 entfernt, können diese Correctionen, welche streng genommen nur für Seewasser von dem specifischen Gewichte 1·027 gelten, ohne merklichen Fehler auch bei Wasserproben mit einer von jenem Werthe ziemlich bedeutend abweichenden Dichtigkeit angewendet werden. Wo indessen die Temperatur, bei welcher die Ablesung geschieht, weit von 17°5 abliegt, sind diese Correctionen nur für ein sehr enges Dichtigkeitsintervall giltig.

Nachdem die abgelesenen Dichtigkeiten durch Anbringung dieser Correctionen auf die Normaltemperatur reducirt sind, bleibt nur noch übrig, dieselben von dem den benützten Aräometern anhaftenden constanten Fehler zu befreien.

Zur Ablesung so gut wie aller auf der Expedition bestimmten specifischen Gewichte wurden nur drei Aräometer verwendet, zwei auf der ersten Ausfahrt, und eins auf den beiden letzteren. Von den beiden erstgenannten, die von Herrn Svendsen vor Antritt der Expedition wegen ihrer sehr genauen Uebereinstimmung aus den übrigen ausgewählt waren, ist leider das eine später verunglückt, das andere dagegen ist noch unverletzt, und gleichzeitig mit dem auf den letzten beiden Reisen benützten Instrumente von mir corrigirt.

Die Bestimmung der Correctionen wurde mittelst der Wasserproben I und VII ausgeführt, deren specifische Gewichte früher auf 1·02691 und 1·02669 bei $\dfrac{17°5}{17°5}$ bestimmt waren. Für das auf der ersten Ausfahrt benützte Aräometer erhielt ich so: vermittelst fünf Ablesungen in I die Correction — 0·00023, und vermittelst 12 Ablesungen in VII ebenso — 0·00023. In derselben Weise wurde die Correction des anderen Aräometers durch fünf Ablesungen in I auf — 0·00037, und durch acht Ablesungen in VII auf — 0·00038 bestimmt. Bei diesen Ablesungen war die Flüssigkeit immer auf 17°5 oder eine sehr nahe liegende Temperatur gebracht, wornach die Ablesungen mit Hilfe der vorhin angegebenen Correctionen auf die Normaltemperatur reducirt wurden. Durch verschiedene Reihen von Ablesungen in der Wasserprobe I bei verschiedenen Temperaturen habe ich mich zugleich davon überzeugt, dass der bei der Berechnung der Correctionstabelle benützte Ausdehnungscoëfficient für das Aräometer zweckentsprechend gewählt ist.

Hiermit sind die nothwendigen Daten zur Reduction der auf der norwegischen Nordmeer-Expedition abgelesenen specifischen Gewichte gegeben, und ich gehe nun über zur Festsetzung der Relationen zwischen Salzgehalt, Chlormenge und specifischen Gewichte.

Zur Bestimmung des Salzgehaltes ist meines Wissens bisher nur das einfachste Mittel in Anwendung gebracht, bestehend in Abdampfung des Wassers und Trocknung des Residuums bei einer passenden Temperatur, die von den verschiedenen Chemikern etwas verschieden zwischen 150° bis 180° gewählt worden ist. Diese Methode habe ich indessen aus verschiedenen Gründen, wie man auch a priori erwarten konnte, ziemlich unbefriedigend gefunden. Nach Graham[1] und Anderen verliert nämlich die schwefelsaure Magnesia, an deren Gegenwart im Seewasser doch wohl kaum ein Zweifel sich regen kann, erst bei einer Temperatur von über 200° ihr letztes Molekül Wasser, während man auf der anderen Seite bereits bei einer Temperatur, die weit tiefer als 200° liegt, eine theilweise Decomposition des in den Salzen enthaltenen Chlormagnesiums zu befürchten hat. Aus den Versuchen, die ich zu diesem Zwecke anstellte, ergab sich das Resultat, dass die Salze, sogar nachdem sie circa 20 Stunden in einem Luftbade einer Temperatur von 170° bis 180° ausgesetzt gewesen,

---

[1] Phil. Mag. J. 6—422.

doch immer noch nicht unbedeutende Wassermengen enthielten (ungefähr 15 Mgr. per Gr. Salz), während sie bei etwas niedrigerer Temperatur getrocknet, einen noch etwas höheren Wassergehalt zeigten. Gleichzeitig wurden auch die Salze auf freie Magnesia untersucht, wobei ich, im Widerspruch mit älteren Angaben, fand, dass dieselben beständig, sogar nach Trocknung bei 160° bis 170° unerwartet grosse Quantitäten enthielten, so dass auf jedes Gramm getrockneten Salzes eine Magnesiamenge gefunden wurde, die hinreichend gross war, um über 20 Mgr. HCl zu neutralisiren (nach Trocknung bei 180° fand ich sogar ein einzelnes Mal 40 Mgr). Die Bestimmung der freien Magnesia geschah durch Auflösung der Salze in eine abgemessene Menge titrirter Schwefelsäure und darauf folgender Retitration vermittelst verdünnter Natronlauge von bekannter Stärke. Durch Anwendung von Rosolsäure als Index erhielt man hier eine sehr scharfe Endreaction.

Um den eben besprochenen Fehlern zu entgehen, schlug ich zur Bestimmung der Salzmenge im Seewasser folgendes Verfahren ein.

In einem mit dichtschliessendem Deckel verschenen, gewogenen Porzellantiegel wurden 30 bis 40 Gr. Seewasser eingewogen und darnach im Wasserbade abgedampft. Nachdem die Salze einigermassen gut getrocknet waren, wurde der Tiegel mit aufgesetztem Deckel ungefähr fünf Minuten über einer Bunsen'schen Lampe erhitzt, darauf abgekühlt und aufs Neue gewogen. Darnach wurde in der oben beschriebenen Weise die durch Zersetzung des Chlormagnesiums gebildete freie Magnesia bestimmt, wodurch die zur Berechnung des gesammten Salzgehaltes nöthigen Data ermittelt waren.

In einer früheren Abhandlung [1] habe ich nachgewiesen, dass die Carbonate des Seewassers sich beim Kochen in kohlensaure Magnesia umsetzen, welche bei der Eindampfung, oder jedenfalls doch beim Glühen, Magnesia hinterlässt, und man müsste also strenggenommen für den so gebildeten Theil der freien Magnesia eine andere Correction berechnen, als für die durch Decomposition des Chlormagnesiums gebildete Hauptmenge. Der Fehler, der bei Unterlassung dieser Unterscheidung begangen wird, ist indessen

---

[1] Journ. für prakt. Chemie, N. F. 20—44.

nicht nur sehr nahe constant, sondern ausserdem auch so klein, dass er ohne weiteres vernachlässigt werden darf, da durch seine Begehung der gesammelte Salzgehalt nur um etwa 0·0015 % vermindert wird. Es ist also vollständig genügend, wenn man zu der durch Wägung gefundenen Menge getrockneten Salzes das 1·375fache der durch Titrirung bestimmten Menge freier Magnesia addirt, um aus der so sich ergebenden Zahl den Salzgehalt in Percenten zu berechnen.

Gegen diese Methode liessen sich indessen verschiedene Einwendungen erheben, insofern man befürchten könnte, dass kleinere Quantitäten Chlornatrium, Chlormagnesium oder Chlorkalium sich unter dem Glühen verflüchtigen dürften, oder dass ein Theil der schwefelsauren Magnesia bei der höheren Temperatur sich decomponiren und zu einem Verluste an Schwefelsäure Veranlassung geben könnte. Man kann sich indessen leicht davon überzeugen, dass diese Umstände bei Anwendung eines dicken Porzellantiegels mit dicht schliessendem Deckel, zu keinem Fehler von irgend merkbarem Einfluss Veranlassung geben. So fand ich, dass 1·2 Gramm einer passenden Mischung von Chlorkalium und Chlornatrium nach 1¼stündigem, stärkstmöglichem Glühen über einer Bunsen'schen Lampe, in demselben Tiegel, den ich zu meinen Salzbestimmungen benützte, nur 2 Mgr. an Gewicht verloren hatte, oder, mit anderen Worten, die Mischung verlor beim Glühen nicht voll 0·14 Mgr. per 5 Minuten. Ebenso wurde durch Bestimmung der Schwefelsäure und der Magnesia sowohl in dem benützten Seewasser, als in dem geglühten Residuum der Beweis dafür geliefert, dass man bei einem viel länger fortgesetzten Glühen, als dem, welches zur Herstellung des vollkommen wasserfreien Salzes erforderlich, auch in Folge der Verflüchtigung des Chlormagnesiums oder der Zerlegung der schwefelsauren Magnesia keinen schädlichen Fehler zu riskiren hat.

Dass diese Methode unter sich wohl übereinstimmende Resultate gibt, zeigen die zahlreichen Salzbestimmungen, welche mit denselben Wasserproben ausgeführt wurden. So fand ich bei untenstehenden Versuchen:

$$\text{in II} \begin{cases} 3\cdot525 \\ 3\cdot517 \end{cases} \%\ \text{Salz} \qquad \text{in III} \begin{cases} 2\cdot309 \\ 2\cdot299 \end{cases} \%\ \text{Salz}$$

in IV $\begin{cases} 3{\cdot}386 \\ 3{\cdot}385 \end{cases}$ $^0/_0$ Salz

V $\begin{cases} 3{\cdot}530 \\ 3{\cdot}533 \end{cases}$ „   „

VI $\begin{cases} 3{\cdot}276 \\ 3{\cdot}279 \end{cases}$ „

VII $\begin{cases} 3{\cdot}514 \\ 3{\cdot}516 \\ 3{\cdot}515 \end{cases}$

in VIII $\begin{cases} 3{\cdot}501 \\ 3{\cdot}507 \\ 3{\cdot}508 \\ 3{\cdot}500 \\ 3{\cdot}502 \\ 3{\cdot}506 \\ 3{\cdot}500 \\ 3{\cdot}501 \end{cases}$ $^0/_0$ Salz.

Die Resultate stimmen, wie man sieht, schon hier ziemlich genau überein, und es würde sich sicherlich eine noch grössere Genauigkeit erzielen lassen, wenn man mit etwas grösseren Quantitäten Seewasser arbeiten wollte.

Für die Wasserproben III und VII ist das specifische Gewicht bei $\dfrac{17^\circ 5}{17^\circ 5}$ bereits früher mit Hilfe des Pyknometers auf respective 1·01739 und 1·02669 bestimmt; für die Wasserproben IV, V, VI und VIII wurde dasselbe durch wiederholte Ablesungen an einem der corrigirten Aräometer gefunden, während bei der Probe II nur eine einzelne Ablesung benützt wurde. Ebenso wurde die Chlormenge aller Wasserproben sehr sorgfältig bestimmt. Aus diesen Daten ergaben sich nun die Werthe:

$$\text{für den Chlorcoëfficienten} = \frac{\text{Salzmenge}}{\text{Chlormenge}}$$

und

$$\text{für den Dichtigkeitscoëfficienten} = \frac{\text{Salzmenge}}{\text{spec. Gewicht} - 1}$$

wie dieselben in nachfolgender Tabelle niedergelegt sind.

Nr.	Spec. Gewicht bei $\dfrac{17^\circ 5}{17^\circ 5}$	Chlormenge $^0/_0$	Salzmenge $^0/_0$	Dichtig- keitscoëf- ficienten	Chlorcoëf- ficienten
II	1·02670	1·947	3·521	131·9	1·808
III	1·01739	1·271	2·301	132·3	1·810
IV	1·02573	1·868	3·386	131·6	1·813
V	1·02676	1·956	3·532	132·0	1·806
VI	1·02488	1·809	3·278	131·8	1·812
VII	1·02669	1·947	3·515	131·7	1·805
VIII	1·02655	1·938	3·503	131·9	1·808

Wie aus obigen Werthen zu ersehen, sind sowohl der Chlor-
als der Dichtigkeitscoëfficient, trotz der Verschiedenheit des Salzgehaltes überall sehr nahe constant, so dass die Variationen sehr
wahrscheinlich nur auf Rechnung der Observationsfehler zu setzen
sind.

Als Chlorcoëfficient lässt sich darnach aufstellen:

$$1{\cdot}809 \pm 0{\cdot}00076$$

mit einem wahrscheinlichen Fehler der einzelnen Beobachtung
von $\pm 0{\cdot}002$, und als Dichtigkeitscoëfficient:

$$131{\cdot}9 \pm 0{\cdot}058$$

mit einem wahrscheinlichen Fehler der Einzelbeobachtung von
$\pm 0{\cdot}15$. Diese Werthe stimmen, zumal in Betreff des Chlorcoëf-
ficienten, recht wohl mit den früher gefundenen Werthen; so
haben sowohl Forchhammer als Ekman im Mittel $1{\cdot}811$ gefunden, während die von Anderen aufgestellten Dichtigkeits-
coëfficienten durchgängig ein wenig kleiner sind, als der von mir
gefundene.

Mit Hilfe dieser Coëfficienten habe ich aus den auf den drei
Ausfahrten der Expedition ausgeführten Chlor- und Dichtigkeitsbestimmungen den Salzgehalt der Wasserproben berechnet, und
denselben, nebst den Originalbeobachtungen, in der nachfolgenden Tabelle aufgeführt. Hierüber ist noch Folgendes zu bemerken.

Die specifischen Gewichte sind in der Regel mit 4 Decimalen abgelesen, die 5. wurde nur dann angeführt, wenn sie den
Werth 5 hatte, so dass es einem Zweifel unterworfen war, ob
dieselbe zum Behufe der Abrundung zu vermehren oder zu ver-
mindern sei. Bei den reducirten Dichtigkeiten sind ebenfalls
immer blos 4 Decimalen beibehalten, so oft es unzweifelhaft er-
schien, nach welcher Seite hin die Abrundung vorzunehmen war;
im entgegengesetzten Falle ist auch hier die 5. Decimale beigefügt.
Die mit einem Sternchen * bezeichneten specifischen Gewichte
sind mit Aräometern abgelesen, deren Correction nicht bestimmt
wurde. Zum Aufnehmen der zur Untersuchung des Salzgehaltes
bestimmten Wasserproben wurde ausser dem von Wille construirten, früher beschriebenen Apparate, bei weniger tiefem Wasser
auch oft der von Ekman angegebene vorzügliche Wasserschöpfer
angewendet. Auf Grund des Verfahrens, welches bei der norwe-

Nr.	Stations-Nr.	Breite	Länge von Greenwich	Tiefe engl. Faden	Abgelesenes spec. Gewicht	Temperatur		Spec. Gewicht		Chlormenge	Salzmenge		Anmerkungen
						unter der Ablesung	im Meere $t°$	bei $\frac{17°5}{17°5}$	bei $\frac{t°}{4°}$		nach dem Aräometer	nach der Chlormenge	
1		Esefjord	Sogn	0	1·0151*	14·8		1·01465			1·93		
2		"	"	1	1·0234*	13·7		1·0227			2·99		
3		"	"	2	1·0237*	12·5		1·0228			3·01		
4		"	"	3	1·0241*	13·0		1·0233			3·07		
5		"	"	4	1·0242*	13·8		1·0235			3·10		
6		"	"	5	1·0240*	17·3		1·02395			3·16		
7		"	"	6	1·0245*	17·0		1·0244			3·22		
8		"	"	7	1·0249*	20·0	.	1·02545	.		3·36		
9	2	Sognefjord	Balestrand	672	1·0270	16·7	6·7	1·0266	1·0274		3·51		
10		Fjärland		0	1·0118*	9·2		1·0107			1·41		
11		Esefjord		0	1·0147*	12·0		1·0139			1·46		
12	.		1	1	1·0188*	12·5	.	1·0180	.		2·37		
13	3	61° 5'2 "	5°15'3 ö.	618	1·0280	11·0	6·6	1·0266	1·0274		3·51		
14		Husö		0	1·0262	9·7		1·0246			3·24		
15		"		0	1·0262	9·9		1·02465			3·25		
16		"		0	1·0262	10·2		1·0247			3·26		
17		"		6	1·0261	10·7		1·02465			3·25		
18		"		6	1·0258	15·6		1·0252			3·32		
19		"		0	1·0262	10·9		1·0248			3·27		
20		61°25'	3°41' ö.	0	1·0254	16·8	.	1·0250	.		3·30		
21	10	61 41·1	3 18·5	0	1·0253	16·2	11·5	1·0248	1·0248		3·27		
22	12	61 53·3	3 0	0	1·0270	18·0	11·1	1·0269	1·0270		3·55		
23	14	62 4	2 44·5	0	1·0265	19·9	9·9	1·0268	1·0271		3·53		
24	14	62 4	2 44·5	226	1·0268	18·6	6·1	1·0268	1·0277		3·53		

25	16	62°23'9	2°17 ö.	0	1·0275	15·4	10·9	1·02685	1·0270	3·54
26	17	62 33	2 4	0	1·0271	17·5	11·2	1·0269	1·0269	3·55
27	18	62 44·5	1 48	0	1·0270	18·4	11·6	1·0270	1·02695	3·56
28		62 39	2 8	0	1·0270	17·9	12·5	1·0269	1·0267	3·55
29	.	62 29	2 34	0	1·0273	16·2	12·5	1·0268	1·0266	3·53
30	19	62 23·5	2 50	0	1·0262	17·5	11·0	1·0260	1·02605	3·43
31	20	62 16·3	3 8	0	1·0256	18·7	11·2	1·0256	1·0257	3·38
32	21	62 14·7	3 27'5	0	1·0251	17·8	13·4	1·02495	1·02455	3·29
33	22	62 13·2	3 40·5	0	1·0254	18·0	12·6	1·0253	1·02505	3·34
34		62 52·5	5 51·5	0	1·0252	19·5	12·1	1·0254	1·0253	3·35
35		62 56	6 16	0	1·0253	18·4	12·8	1·0253	1·0250	3·34
36		Christianssund		0	1·0255	17·5	.	1·0253		3·34
37	.	63°10'	6°30'	0	1·0260	16·2	10·0	1·0255	1·0257	3·36
38	24	63 10	5 57·5	0	1·0262	17·5	11·7	1·0260	1·0259	3·43
39	24	63 10	5 57·5	90	1·0262	17·5	6·8	1·0260	1·0267	3·43
40	.	63 10	5 19	0	1·0266	17·2	11·2	1·0263	1·0264	3·47
41	26	63 10	5 16	0	1·0261	17·6	11·8	1·0259	1·0258	3·41
42	27	63 7·1	5 17	0	1·0264	18·6	11·7	1·0264	1·0264	3·48
43	.	63 10	4 56	0	1·0264	17·5	11·6	1·0262	1·0261	3·46
44	32	63 10	4 51·3	430	1·0270	17·0	— 0·8	1·0267	1·0281	3·52
45		63 9	3 56	0	1·0265	16·2	11·2	1·0260	1·0260	3·43
46		63 6	3 1	0	1·0260	15·8	11·8	1·0254	1·02535	3·35
47	33	63 5	3 0	525	1·0279	15·0	— 1·1	1·0272	1·0286	3·59
48		63 5	2 57	0	1·0271	15·2	11·6	1·0264	1·0264	3·48
49		63 4	2 52	0	1·0269	14·6	12·3	1·0261	1·0259	3·44
50		63 3	2 43	0	1·0266	17·3	11·9	1·0263	1·0262	3·47
51		63 3	2 10	0	1·0275	14·3	12·0	1·02665	1·0265	3·52
52	.	63 5	1 7	0	1·0278	14·7	11·5	1·0270	1·0270	3·56
53	34	63 5	0 52·5	587	1·0277	15·0	— 1·1	1·0270	1·0284	3·56
54		63 3	0 54	0	1·0277	14·8	12·0	1·02695	1·0268	3·55
55		62 48	1 51	0	1·0273	16·3	11·9	1·0268	1·0267	3·53
56		62 44	2 10	0	1·0272	16·1	11·4	1·0267	1·0267	3·52

| Nr. | Sta-tions-Nr. | Breite | Länge von Greenwich | Tiefe engl. Faden | Abgele-senes spec. Gewicht | Temperatur | | Spec. Gewicht | | Chlor-menge | Salzmenge | | Anmerkungen |
						unter der Ab-lesung	im Meere $t°$	bei $\frac{17°5}{17°5}$	bei $\frac{t°}{4°}$		nach dem Aräo-meter	nach der Chlor-menge	
57		62°37'	2°37' ö.	0	1·0277	13·1	11·5	1·0266	1·0266		3·51		
58		62 40'5	1 58	0	1·0276	13·7	11·4	1·0266	1·02665		3·51		
59		62 45	1 13	0	1·0277	14·6	11·4	1·0269	1·0269		3·55		
60		63 2	1 12 w.	0	1·0275	15·9	11·1	1·02695	1·0270		3·55		
61		63 3	1 14	0	1·0275	13·4	10·8	1·0265	1·0266		3·50		
62		63 4	1 19	0	1·0277	13·2	10·8	1·02665	1·0268		3·52		
63		63 6	1 24	0	1·0279	12·5	10·4	1·0267	1·0269		3·52		
64		63 8	1 26	0	1·0279	12·9	10·8	1·0268	1·0269		3·53		
65		63 12	1 26	0	1·0279	12·8	10·4	1·0268	1·0270		3·53		
66		63 14	1 27	0	1·0278	12·8	10·5	1·0267	1·02685		3·52		
67		63 17	1 28	0	1·0279	13·3	10·8	1·02685	1·0270		3·54		
68		63 18	1 23	0	1·0280	11·9	10·8	1·0267	1·02685		3·52		
69		63 45	0 57	0	1·0277	15·2	10·7	1·0270	1·0272		3·56		
70		63 46	1 0	0	1·0277	15·2	10·2	1·0270	1·02725		3·56		
71		63 26	1 28	0	1·0274	16·5	10·8	1·02695	1·0271		3·55		
72		63 18	1 38	0	1·0275	16·2	10·4	1·0270	1·0272		3·56		
73		63 8	1 58	0	1·0279	13·8	10·4	1·02695	1·02715		3·55		
74		62 58	2 38	0	1·0279	14·0	10·2	1·0270	1·0272		3·56		
75		62 46	3 34	0	1·0277	14·0	9·8	1·0268	1·0271		3·53		
76		62 34	4 28	0	1·0283	11·9	9·4	1·0270	1·0274		3·56		
77		62 20	5 28	0	1·0282	12·3	10·0	1·0270	1·02725		3·56		
78		62 5	6 22	0	1·0278	13·8	10·6	1·02685	1·0270		3·54		
79		Thorshavn		0	1·0280	13·4	9·4?	1·0270	1·02735		3·56		
80				0	1·0266	10·2	9·4	1·0251	1·0254		3·31		Starker Regen

		Thorshavn								
		Naalsö	Nordpynt							
81		Thorshavn		0	1·0275	15·8	9·4	1·0269	1·0273	3·55
82		Naalsö	Nordpynt	0	1·0276	15·0	9·4	1·0269	1·02725	3·55
83	.			0	1·0277	15·0	9·4	1·0270	1·02735	3·56
84	37	62°28·3	2°29' w.	309	1·0276	15·3	0·1	1·0269	1·0283	3·55
85	37	62 28·3	2 29	690	1·0276	15.8	— 1·1	1·0270	1·0285	3·56
86		62 15	4 32	0	1·0274	15·8	9·3	1·0268	1·0272	3·53
87		62 13	3 26	0	1·0274	15·5	9·6	1·0268	1·0271	3·53
88		62 28	2 29	0	1·0274	15·7	10·4	1·0268	1·0270	3·53
89		62 37	2 52	0	1·0275	15·7	10·2	1·0269	1·0271	3·55
90		62 50	3 30	0	1·0276	15·3	10·5	1·0269	1·0271	3·55
91		62 27	3 47	0	1·0275	14·8	10·3	1·02675	1·0270	3·53
92		63 12	4 39	0	1·0274	15·7	9·7	1·0268	1·0271	3·53
93	.	63 22	5 20	0	1·0277	14·0	9·4	1·0268	1·0272	3·53
94	40	63 22·5	5 29	515	1·0277	13·6	— 0·4	1·0267	1·0281	3·52
95	40	63 22·5	5 29	0	1·0277	13·8	9·7	1·02675	1·0271	3·53
96	40	63 22·5	5 29	0	1·0277	13·8	9·7	1·02675	1·0271	3·53
97	40	63 22·5	5 29	0	1·0277	15·4	10·3	1·02705	1·0273	3·57
98		Reikjavik		0	1·0272	11·1	9·8	1·0258	1·0261	3·40
99		Mitte der Faxebucht		0	1·0267	16·3	10·0?	1·0262	1·0265	3·46
100		63°49'	22°52'	0	1·0273	14·5	8·8	1·0265	1·0269	3·50
101		63 37	21 58	0	1·0274	14·2	9·7	1·0265	1·0268	3·50
102		63 42	22 25	0	1·0278	11·7	9·5	1·0265	1·0268	3·50
103		63 25	21 0	0	1·0271	15·6	10·0	1·0265	1·02675	3·50
104		63 13	19 54	0	1·0273	15·6	10·4	1·0267	1·0269	3·52
105		63 6	18 43	0	1·0273	16·8	10·6	1·0269	1·0271	3·55
106		63 7	17 31	0	1·0273	15·3	10·2	1·0266	1·02685	3·51
107		63 7	16 20	0	1·0273	15·6	11·0	1·0267	1·0268	3·52
108		63 8	15 9	0	1·0276	15·2	11·0	1·0269	1·0270	3·55
109		63 8	13 59	0	1·0279	13·0	10·7	1·0268	1·02695	3·53
110	.	63 20	13 22	0	1·0272	16·0	10·7	1·0266	1·0268	3·52
111	45	63 28	12 58	0	1·0273	16·9	10·4	1·02695	1·02715	3·55
112		63 38	12 35	0	1·0279	13·6	10·0	1·0269	1·0272	3·55

Nr.	Sta-tions-Nr.	Breite	Länge von Greenwich	Tiefe engl. Faden	Abgele-senes spec. Gewicht	Temperatur		Spec. Gewicht		Chlor-menge	Salzmenge		Anmerkungen
						unter der Ab-lesung	im Meere t°	bei $\frac{17^\circ5}{17^\circ5}$	bei $\frac{t^\circ}{4^\circ}$		nach dem Aräo-meter	nach der Chlor-menge	
113		63°57'	11°52' w.	0	1·0277	13·6	10·2	1·0267	1·0269		3·52		
114	.	64 14	11 12	0	1·0277	14·0	9 5	1·0268	1·0271		3·53		
115	48	64 36	10 21'5	0	1·0279	11·5	5·3	1·02655	1·0275		3·50		
116		64 44	10 4	0	1·0270	17·5	7·0	1·0268	1·0275		3·53		
117		65 0	9 24	0	1·0269	18·0	7·4	1·0268	1·0275		3·53		
118		65 21	8 36	0	1·0271	16·8	7·8	1·0267	1·0273		3·52		
119	.	65 39	7 53	0	1·0271	15·0	7·2	1·0264	1·02705		3·48		
120	51	65 53	7 18	0	1·0272	15·0	8·0	1·0265	1·02705		3·50		
121	51	65 53	7 18	515	1·0272	16·0	— 0·6	1·02665	1·0281		3·52		
122	51	65 53	7 18	1163	1·0272	16·0	— 1·1	1·02665	1·0281		3·52		
123		65 51	5 36	0	1·0269	18·2	8·4	1·0268	1·02735		3·53		
124	.	65 49	4 18	0	1·0270	17·6	9·3	1·0268	1·0272		3·53		
125	52	65 47'5	3 7	0	1·0270	17·6	9·7	1·0268	1·0271		3·53		
126	52	65 47·5	3 7	515	1·0270	17·4	— 0·4	1·02675	1·0282		3·53		
127	52	65 47·5	3 7	1861	1·0280	12·0	— 1·2	1·0267	1·0282		3·52		
128		64 47	4 24 ö.	0	1·0274	13·9	11·0	1·02645	1·02655		3·49		
129		64 47	4 24	0	1·0264	19·5	11·0	1·0266	1·0267		3·51		
130		64 49	4 46	0	1·0263	19·0	10·8	1·0264	1·0265		3·48		
131		64 46	5 38	0	1·0270	18·0	11·2	1·0269	1·02695		3·55		
132		64 42	6 47	0	1·0265	19·0	10·6	1·0266	1·0268		3·51		
133		64 37	8 0	0	1·0265	19·0	10·8	1·0266	1·0267		3·51		
134		64 27	8 36	0	1·0253	19·2	10·5	1·02545	1·0256		3·36		
135	Zwischen Südhund u. Revillen			0	1·0220*	15·8	.	1·0217	.		2·86		
136	63	64°41'3	9° 0' ö.	0	1·0278	13·4	11·6	1·0268	1·02675		3·53		

137	68	64°44'1	8° 9' ö.	0	1·0277	13·0	11·6	1·0266	1·0266		3·51	
138	73	64 46·5	7 28	0	1·0276	13·0	11·3	1·0265	1·0265		3·50	
139		64 48	6 45	0	1·0277	13·0	11·5	1·0266	1·0266		3·51	
140		64 48	6 26	0	1·0281	12·2	11·6	1·02685	1·0268		3·54	
141		64 33	5 31	0	1·0278	14·2	11·8	1·0269	1·0269		3·55	
142		64 4	5 35	0	1·0277	13·8	11·7	1·02675	1·0267		3·53	
143		64 2	5 42	0	1·0277	13·8	12·0	1·02675	1·0267		3·53	
144	89	64 1	6 7'5	0	1·0277	13·8	12·2	1·02675	1·0266		3·53	
145		64 0	6 42	0	1·0279	12·0	11·4	1·0266	1·02665		3·51	
146		63 48	6 42	0	1·0268	12·8	12·8	1·0257	1·0264		3·39	
147		63 22	6 47	0	1·0259	12·8		1·0248			3·27	
148		Stadt		0	1·0250	14·2	.	1·02415	.		3·19	
149	94	59° 8'2	4°38	0	1·0259	12·0	9·8	1·0245	1·0248		3·23	
150	94	59 8·2	4 38	145	1·0263	12·0	5·0	1·0249	1·0258		3·28	
151	95	60 42·5	4 13·7	0	1·0254	12·9	9·4	1·0242	1·0245		3·18	
152	95	60 42·5	4 13·7	175	1·0278	11·9	5·8	1·0264	1·0272		3·48	
153		64 47	2 50	0	1·0276	12·7	9·4	1·0263	1·0267		3·47	
154	96	66 8·5	3 0	0	1·0278	13·5	8·2	1·0266	1·0272		3·51	
155	96	66 8·5	3 0	805	1·0275	14·9	− 1·1	1·0266	1·0280		3·51	
156	97	66 2	4 21	683	1·0284	10·9	− 1·1	1·0268	1·0283		3·53	
157	98	65 56	5 21	388	1·0278	13·0	− 1·0	1·02655	1·0280		3·50	
158	99	65 51·5	6 25	213	1·0277	13·5	6·1	1·0265	1·0274		3·50	
159	101	65 36	8 32	0	1·0276	12·6	9·4	1·0263	1·02665		3·47	
160	101	65 36	8 32	223	1·0283	10·3	6·0	1·0266	1·0275		3·51	
161	104	65 28	9 56	162	1·0282	11·4	6·5	1·0267	1·0275		3·52	
162	124	66 41	6 59	0	1·02735	14·5	8·4	1·0264	1·0269	.	3·48	.
163	125	67 53	5 12	0	1·0282	10·1	7·0	1·0265	1·0272	1·957	3·50	3·54
164	125	67 53	5 12	700	1·0280	10·4	− 1·1	1·02635	1·0278	1·951	3·48	3·53
165	137	67 24	8 58	0	1·02745	9·9	8·2	1·0257	1·0263		3·39	
166	137	67 24	5 58	400	1·0281	11·7	− 1·0	1·0266	1·0281	.	3·51	.
167	143	66 58	10 33	0	1·0273	10·7	8·2	1·0257	1·0262	1·899	3·39	3·44
168	143	66 58	10 33	189	1·0279	12·0	6·2	1·0265	1·0273	1·956	3·50	3·54

Nr.	Sta-tions-Nr.	Breite	Länge von Greenwich	Tiefe engl. Faden	Abgele-senes spec. Gewicht	Temperatur		Spec. Gewicht		Chlor-menge	Salzmenge		Anmerkungen
						unter der Ab-lesung	im Meere $t°$	bei $\frac{17°5}{17°5}$	bei $\frac{t°}{4°}$		nach dem Aräo-meter	nach der Chlor-menge	
169		Hopen bei Bodö		0	1·0091*	11·7	.	1·0083	.		1·09		
170	152	67°18'	12°46'	0	1·0266	14·3	8·2	1·0256	1·0261		3·38		
171	152	67 18	12 46	70	1·0270	13·5	4·1	1·02585	1 0269		3·41		
172	152	67 18	12 46	125	1·0274	13·5	4·1	1·0262	1·0273	.	3·46	.	
173	162	68 23	10 20	795	1·0270	17·2	— 1·2	1·0266	1·0280	1·943	3·51	3·51	
174		Einfahrt zum Hasselfjord		0	1·0269	14·5	8·8	1·0259	1·0264		3·41		
175	171	69 18	14 29	0	1·0272	11·9	9·0	1·0258	1·0262		3·40		
176	171	69 18	14 29	642	1·0282	9·9	— 1·0	1·0265	1·0279		3·50		
177	176	69 18	14 32·7	0	1·0270	13·3	8·0	1·0258	1·0264	.	3·40	.	
178	179	69 32	11 10	0	1·0280	10·9	8·8	1·0264	1·0269	1·945	3·48	3·52	
179	179	69 32	11 10	1607	1·0282	9·7	— 1·2	1·0264	1·0279	1·935	3·48	3·50	
180	183	69 59·5	6 15	0	1·0279	13·3	8·6	1·0267	1·0272	1·952	3·52	3·53	
181	184	70 4	9 50	0	1·0280	12·6	7·6	1·0267	1·0273	1·943	3·52	3·51	
182	184	70 4	9 50	600	1·0279	12·8	0·0	1·0266	1·0280	1·928	3·51	3·49	
183	184	70 4	9 50	1547	1·02765	13·4	— 1·3	1·0265	1·0279	1·935	3·50	3·50	
184	187	69 51·5	14 41	1335	1·0276	15·2	— 1·1	1·02675	1·0282	1·933	3·53	3·50	
185	188	69 43	15 29	0	1·0278	13·2	9·0	1·0266	1·0270	1·939	3·51	3·51	
186	189	69 41	15 42	0	1·0275	13·2	9·6	1·0263	1·0266	1·923	3·47	3·48	
187	189	69 41	15 42	860	1·0279	12·9	— 1·1	1·0266	1·0281	1·931	3·51	3·49	
188	200	71 25	15 40·5	0	1·0282	9·9	7·8	1·0265	1·0271	.	3·50	.	
189	200	71 25	15 40·5	620	1·0285	9·4	— 1·4	1·0267	1·0281	1·949	3·52	3·53	
190	206	70 45	14 36	0	1·0282	9·5	8·2	1·0264	1·0270	1·945	3·48	3·52	
191	206	70 45	14 36	700	1·0285	8·7	— 0·7	1·0266	1·0280	1·945	3·51	3·52	
192	206	70 45	14 36	1248	1·0283	9·2	— 1·1	1·0265	1·0279	1·945	3·50	3·52	

193	Einfahrt zum Malangenfjord			0	.	.	.	.	.	1·744	.	3·15
194	212	70 12·5	17 41	0	1·0255	21·7	7·2	1·0261	1·02675	1·895	3·44	3·43
195	212	70 12·5	17 41	142	1·0272	17·6	5·8	1·02685	1·02775	1·940	3·54	3·51
196	213	70 23	2 30	0	1·0277	14·2	8·2	1·0267	1·0272	1·956	3·52	3·54
197	213	70 23	2 30	1760	1·0274	15·5	— 1·2	1·0266	1·02805	1·951	3·51	3·53
198	215	70 53	2 0 w.	0	1·0276	14·9	8·0	1·0267	1·0273	1·945	3·52	3·52
199	215	70 53	2 0	200	1·02755	15·2	2·8	1·0267	1·0279	1·945	3·52	3·52
200	215	70 53	2 0	700	1·0276	14·3	— 0·6	1·0266	1·0280	1·935	3·51	3·50
201	215	70 53	2 0	1665	1·0275	14·5	— 1·2	1·0265	1·02795	1·939	3·50	3·51
202	217	71 0·5	5 8	0	1·0283	6·5	4·6	1·0262	1·0272		3·46	
203	Ostspitze von Jan Mayen			0	1·0280	4·0	3·0	1·02565	1·0268		3·38	
204	225	70 59	8 8	0	1·0278	9·2	3·4	1·0260	1·0271	.	3·43	.
205	226	71 0	7 55	0	1·0277	10·5	3·0	1·0261	1·0272	1·893	3·44	3·42
206	226	71 0	7 55	340	1·0282	9·1	— 0·6	1·02635	1·0278	1·936	3·48	3·50
207		69 20	11 18	0	1·0276	12·8	4·3	1·0263	1·02745	1·925	3·47	3·48
208	.	68 33	7 25	0	.		6·0	.	.	1·936	.	3·50
209	243	68 32·5	6 26·5	0	1·0280	12·8	7·8	1·0267	1·0273	1·945	3·52	3·52
210	243	68 32·5	6 26·5	600	1·02715	16·7	— 0·8	1·0266	1·0280	1·927	3·51	3·49
211	243	68 32·5	6 26·5	1385	1·0286	5·7	— 1·3	1·0264	1·0278	1·940	3·48	3·51
212	245	68 21	2 5	0	1·0280	13·4	9·0	1·0268	1·02725	.	3·53	.
213	247	68 5·5	2 24 ö.	0	1·0278	13·8	9·4	1·0267	1·0271	1·954	3·52	3·53
214	247	68 5·5	2 24	500	1·0278	13·1	— 0·4	1·0266	1·0280	1·927	3·51	3·49
215	247	68 5·5	2 24	1120	1·0275	14·5	— 1·2	1·0265	1·02795	1·929	3·50	3·49
216	249	68 12	6 35	1063	1·0274	15·4	— 1·3	1·0266	1·0280	1·937	3·51	3·50
217	251	68 6·5	9 44	0	1·0276	13·9	13·2	1·0265	1·0262	1·927	3·50	3·49
218	252	Südlich von Skraaven		0	1·0254	19·2	14·0?	1·0254	1·0249	1·820	3·35	3·29
219	253	Skjärstadfjord		0	1·0178*	14·4	13·0	1·0173	1·0168	1·261	2·28	2·28
220	253	"		263	1·02755	11·2	3·2	1·0260	1·02715	1·887	3·43	3·41
221	254	67 27	13 25	0	1·0266	12·6	10·0	1·0253	1·0255	1·843	3·34	3·33
222	254	67 27	13 25	70	1·0278	11·2	4·8	1·02625	1·0272	1·929	3·46	3·49
223	254	67 27	13 25	140	1·0281	12·1	5·8	1·0267	1·0276	1·931	3·52	3·49
224	Frohav			0	1·0262	12·0		1·0248		1·822	3·27	3·29

| Nr. | Stations-Nr. | Breite | Länge von Greenwich | Tiefe engl. Faden | Abgelesenes spec. Gewicht | Temperatur | | Spec. Gewicht | | Chlor-menge | Salzmenge | | Anmerkungen |
						unter der Ab-lesung	im Meere t°	bei $\frac{17^\circ 5}{17^\circ 5}$	bei $\frac{t^\circ}{4^\circ}$		nach dem Aräo-meter	nach der Chlor-menge	
225	255	68°12'3	15°40'	0	1·0262	14·3	10·7	1·0252	1·0253		3·32		
226	255	68 12·3	15 40	300	1·0280	12·9	6·5	1·0267	1·0275		3·52		
227	256	70 8·5	23 4	0	.	.	.	.	.	1·118	.	2·02	
228	256	70 8·5	23 4	225	1·0280	10·9	4·0	1·0264	1·0275	1·930	3·48	3·49	
229	258	70 12·6	23 2·5	0	1·0276	8·3	11·6	1·0257	1·0256	1·865	3·39	3·37	
230	258	70 12·6	23 2·5	230	1·0282	6·9	4·0	1·0261	1·0272	1·907	3·44	3·45	
231	259	70 48·9	25 59	80	1·0286	6·7	4·1	1·02645	1·0275	1·942	3·49	3·51	
232	261	70 47·5	28 30	0	1·0248	11·9	7·4	1·0234	1·0240	1·713	3·09	3·10	
233	261	70 47·5	28 30	127	1·0280	10·9	2·8	1·0264	1·0276	1·920	3·48	3·47	
234	262	70 36	32 35	0	1·0282	8·5	5·6	1·0263	1·0272	1·921	3·47	3·47	
235	262	70 36	32 35	148	1·0284	8·9	1·9	1·0265	1·0278	1·932	3·50	3·49	
236	263	70 44·5	34 14	121	1·0286	6·9	1·9	1·0265	1·02775	1·927	3·50	3·49	
237	264	70 56	35 37	0	1·0279	11·3	5·2	1·0264	1·0273	1·929	3·48	3·49	
238	264	70 56	35 37	86	1·0281	11·4	1·9	1·0266	1·03785	1·934	3·51	3·50	
239	268	71 36·5	36 18	0	1·0284	8·7	4·4	1·0265	1·02755	1·925	3·50	3·48	
240	268	71 36·5	36 18	130	1·0285	8·9	— 1·0	1·0266	1·0281	1·938	3·51	3·51	
241	270	72 27·5	35 1	0	1·0284	9·0	3·6	1·02665	1·0277	1·937	3·50	3·50	
242	270	72 27·5	35 1	136	1·0286	8·9	0·0	1·0267	1·0281	1·937	3·52	3·50	
243	272	73 10·8	33 3	113	1·0285	8·9	1·5	1·0266	1·0279	1·937	3·51	3·50	
244	273	73 25	31 30	0	1·0285	8·7	4·9	1·0266	1 0276	1·938	3·51	3·51	
245	273	73 25	31 30	197	1·0285	8·5	2·2	1·0266	1·0278	1·943	3·51	3·51	
246	275	74 8	31 12	0	1·0287	5·9	2·9	1·0265	1·0277	1·935	3·50	3·50	
247	275	74 8	31 12	147	1·0289	5·5	— 0·4	1·02665	1·02805	1·936	3·52	3·50	
248	278	74 1·5	22 15	0	1·0286	5·9	4·2	1·0264	1·02745		3·48		

249	278	74	1·5	22	15		230	1·0287	5·3	0·9	1·0264	1·0278			3·48	
250	280	74	10·5	18	51		0	1·0282	9·3	1·2	1·0264	1·0277		3·48	
251	280	74	10·5	18	51		35	1·0283	9·4	1·1	1·0265	1·0278	.	3·50	.
252	281	74	3	17	18		0	1·0285	8·9	4·6	1·0266	1·02765	1·967	3·51	3·56
253	281	74	3	17	18		115	1·0278	8·8	2·2	1·0268	1·0281	1·939	3·53	3·51
254	283	73	47·5	14	21		0	1·0282	11·3	7·2	1·0276	1·0274	1·938	3·52	3·51
255	284	73	1	12	58		0	1·0283	11·2	6·2	1·02675	1·0275	1·940	3·53	3·51
256	286	72	57	14	32		447	1·0284	9·5	− 0·8	1·0266	1·02805		3·51	
257	289	72	42	20	18		0	1·0282	11·1	7·6	1·02665	1·0273		3·52	
258	289	72	42	20	18		219	1·0282	11·1	2·0	1·02665	1·0279	.	3·52	.
259	291	71	54	21	57		0	1·0280	12·0	7·4	1·0266	1·02725	1·936	3·51	3·50
260	291	71	54	21	54		194	1·0284	10·5	3·0	1·02675	1·02795	1·944	3·53	3·52
261	293	71	7	21	11		0	1·0272	5·0		1·02495		1·909?	3·29	3·45
262	293	71	7	21	11		95	1·0276	5·0		1·0254		1·943	3·35	3·51
263	294	71	35	15	11		0	1·0272	4·9	.	1·02495	.	1·918	3·29	3·47
264	294	71	35	15	11		637	1·0284	7·1	− 1·2	1·0263	1·02775	1·934	3·47	3·50
265	295	71	59	11	40		0	1·0278	13·5	7·0	1·02665	1·02735	1·942	3·52	3·51
266	295	71	59	11	40		100	1·0283	10·1	3·2	1·0266	1·0278	1·942	3·51	3·51
267	295	71	59	11	40		600	1·0281	10·7	− 0·8	1.0265	1·0279	1·936	3·50	3·50
268	295	71	59	11	40		1110	1·0278	13·3	− 1·3	1·0266	1·02805	1·934	3·51	3·50
269	296	72	16	8	9		100	1·0286	7·1	3·1	1·0265	1·0277	1·944	3·50	3·52
270	296	72	16	8	9		600	1·0287	7·1	− 0·5	1·0266	1·0280	1·939	3·51	3·51
271	297	72	36·5	5	12		0	1·0284	5·9	4·8	1·0262	1·0272	1·928	3·46	3·49
272	297	72	36·5	5	12		1280	1·0286	5·0	− 1·4	1·0263	1·02775	1·926	3·47	3·48
273	298	72	52	1	51		0	1·0272	15·1	4·0	1·0263	1·0274	1·917	3·47	3·47
274	298	72	52	1	51		1500	1·0271	16·8	− 1·5	1·0266	1·0280	1·915?	3·51	.
275	299	73	10	2	14	w.	0	1·0269	13·7	3·6	1·0258	1·0269	1·888	3·40	3·42
276	300	73	10	3	22		0	1·0255	15·2	1·7	1·0247	1·0259	1·810	3·26	3·27
277	301	74	1	1	20		0	1·0263	14·3	2·2	1·0253	1·0265	1·837	3·34	3·32
278	302	75	16	0	54		0	1·0285	7·9	3·0	1·0265	1·0277	1·920	3·50	3·47
279	303	75	12	3	2	ö.	0	1·0283	6·5	3·3	1·02615	1·0273	1·914	3·45	3·46
280	303	75	12	3	2		150	1·0288	4·4	− 1·1	1·02645	1·0279	1·929	3·49	3·49

| Nr. | Sta-tions-Nr. | Breite | Länge von Greenwich | Tiefe engl. Faden | Abgele-senes spec. Gewicht | Temperatur | | Spec. Gewicht | | Chlor-menge | Salzmenge | | Anmerkungen |
						unter der Ab-lesung	im Meere $t°$	bei $\frac{17°5}{17°5}$	bei $\frac{t°}{4°}$		nach dem Aräo-meter	nach der Chlor-menge	
281	304	75° 3'	4°51!	300	1·0273	14·9	— 0·8	1·0264	1·0278	1·929	3·48	3·49	
282	304	75 3	4 51	1735	1·0273	14·5	— 1·5	1·0263	1·02775	1·940	3·47	3·51	
283	305	75 1·5	7 56	0	1·0272	14·8	5·3	1·0263	1·0272	1·947	3·47	3·52	
284	306	75 0	10 27	0	1·0275	14·1	5·4	1·02645	1·0274	1·929	3·49	3·49	
285	306	75 0	10 27	1334	1·0272	14·9	— 1·3	1·0263	1·0277	1·920	3·47	3·47	
286	310	74 56	13 15	0	1·0274	14·7	5·5	1·0274	1·0274	1·936	3·49	3·50	
287	310	74 56	13 15	1006	1·0275	13·8	— 1·4	1·0264	1·0278	1·932	3·48	3·49	
288	316	74 56	16 29	0	1·0269	14·7	3·6	1·02595	1·02705	1·903	3·42	3·44	
289	316	74 56	16 29	129	1·0275	14·6	1·9	1·02655	1·0278	1·930	3·50	3·49	
290	321	74 57	19 30	25	1·0275	9·7	0·2	1·02575	1·0271	.	3·40	.	
291	323	72 54	21 51	0	1·0283	9·7	7·8	1·02655	1·0272	1·947	3·50	3·52	
292	323	72 54	21 51	223	1·0284	8·9	1 5	1·0284	1·0278	1·933	3·50	3·50	
293	326	75 32	17 50	0	1·0276	8·9	4·8	1·02575	1·0267	1·904	3·40	3·44	
294	326	75 32	17 50	123	1·0284	8·7	1·6	1·0265	1·0278	1·930	3·50	3·49	
295	328	75 42	15 39	0	1·0279	9·9	4·7	1·0262	1·0272	1·908	3·46	3·45	
296	328	75 42	15 39	200	1·0282	9·8	— 1·3	1·02645	1·0279	1·942	3·49	3·51	
297	331	75 51	13 5	0	.	.	.	.	.	1·935	.	3·50	
298	332	75 56	11 36	1149	1·0286	6·3	— 1·5	1·0264	1·0279	.	3·48	.	
299	334	76 13	14 0	0	1·0275	13·7	6·0	1·0264	1·0272	1·923	3·48	3·48	
300	334	76 13	14 0	403	1·0277	13·7	1·0	1·0266	1·0279	1·935	3·51	3·50	
301	335	76 17	14 39	0	1·0270	15·5	5·4	1·0262	1·0271	1·914	3·46	3·46	
302	335	76 17	14 39	179	1·0276	13·4	1·0	1·0264	1·0277	1·940	3·48	3·51	
303	339	76 30	15 29	0	1·0267	12·7	2·6	1·0254	1·0266	1·867	3·35	3·38	
304	339	76 30	15 29	37	1·0273	13·6	0·9	1·02615	1·0275	1·924	3·45	3·48	

305	342	76 33	13 18		0	1·0277	12·4	6·2	1·02635	1·0272	1·936	3·48	3·50
306	342	76 33	13 18		523	1·0277	12·2	− 1·0	1·0263	1·0277	1·933	3·47	3·50
307	344	76 42	11 16		0	1·0283	6·2	5·2	1·0261	1·0271	.	3·44	.
308	347	76 41	7 47		0	1·0277	11·3	4·4	1·0262	1·0272	1·924	3·46	3·48
309	347	76 41	7 47		1429	1·0278	11·6	− 1·3	1·0263	1·02775	1·935	3·47	3·50
310	349	76 30	2 57		0	1·0274	11·2	3·8	1·02585	1·0269	1·898	3·41	3·43
311	349	76 30	2 57		1487	1·0277	11·3	− 1·5	1·0262	1·0276	1·946	3·46	3·52
312	350	76 26	0 29	w.	0	1·0270	10·9	3·0	1·0254	1·0266	1·872	3·35	3·39
313	350	76 26	0 29		300	1·0279	10·9	− 1·1	1·0263	1·02775	1·922	3·47	3·48
314	350	76 26	0 29		1686	1·0276	10·8	− 1·5	1·0260	1·0274	1·916	3·43	3·47
315	352	77 56	3 29	ö.	0	1·0272	12·8	3·9	1·0259	1·0270	1·908	3·41	3·45
316	352	77 56	3 29		300	1·0274	14·0	− 0·8	1·0263	1·02775	1·928	3·47	3·49
317	355	78 0	8 32		0	1·0275	10·3	4·9	1·0258	1·0268	1·890	3·40	3·42
318	355	78 0	8 32		948	1·0280	9·9	− 1·3	1·0263	1·0277	1·927	3·47	3·49
319	357	78 3	11 18		0	1·0261	10·9	5·0	1·02455	1·02545	1·797	3·24	3·25
320	359	78 2	9 25		0	1·0280	5·3	4·3	1·02575	1·0268	.	3·40	.
321	359	78 2	9 25		416	1·0276	13·7	0·8	1·0265	1·0278	1·925	3·50	3·48
322	361	79 9	5 28		0	1·0278	11·5	4·2	1·0263	1·02735	1·906	3·47	3·45
323	361	79 9	5 28		905	1·0272	12·9	− 1·2	1·02595	1·02705	1·928	3·42	3·49
324	362	79 59	5 40		0	1·0274	13·0	5·2	1·02615	1·0271	1·917	3·45	3·47
325	362	79 59	5 40		459	1·0275	12·8	− 1·0	1·0262	1·0276	1·922	3·46	3·48
326	363	80 0	8 15		0	1·0276	10·9	4·6	1·0260	1·0270	.	3·43	.
327	363	80 0	8 15		260	1·0284	7·7	1·1	1·0264	1·0277	1·945	3·48	3·52
328	Bei den norw. Inseln				0	1·0283	4·1	2·7	1·02595	1·0271		3·42	
329	Magdalenen-Bay				0	1·0268	12·3	2·2	1·02545	1·0266		3·36	
330	368	78 49	8 20		0	1·0266	13·0	4·6	1·0254	1·02635	.	3·35	.
331	368	78 49	8 20		315	1·0286	8·5	1·6	1·0267	1·0280	1·936	3·52	3·50
332	.	78 34	9 22		0	1·0262	11·9	4·5	1·0248	1·0258		3·27	
333	372	78 9	14 12		0	1·0258	5·0	4·1	1·0236	1·0246		3·11	
334	373	78 10	14 26		0	1·0250	12·5	4·0	1·0237	1·0247		3·13	
335	Mündung der Advents-Bay				0	1·0250	5·3	4·7	1·02285	1·0237		3·01	

gischen Expedition bei Tieflothungen in Anwendung gebracht wurde, war Letzterer aber zum Gebrauche bei grösseren Tiefen nicht geeignet.

Durch die wohlwollende Gefälligkeit des Herrn Professors Mohn habe ich die Angaben über die Temperaturen erhalten welche die untersuchten Wasserproben im Meere hatten, wodurch es mir möglich geworden ist, eine Rubrik beizufügen für das specifische Gewicht derselben bei dieser ihrer ursprünglichen Temperatur, verglichen mit reinem Wasser von 4°

Reines Wasser von 4° wurde bei dieser Reduction als Einheit gewählt, weil dasselbe bereits früher in solcher Weise von J. Y. Buchanan (Proceedings of Roy. Soc. of London 24—597) angewendet war. Für die Berechnung der specifischen Gewichte bei der Meerestemperatur im Verhältnisse zu reinem Wasser von 4°, ist das Verhältniss zwischen den Volumen des reinen Wassers bei 4° und 17°5 = 0·998768 angenommen.

Von den in der Tabelle wiedergegebenen Observationen sind alle bis Nr. 149 auf der ersten Ausfahrt von Svendsen ausgeführt; alle von 149 bis 225 auf der zweiten Reise von mir, und die übrigen bei der letzten Ausfahrt von Schmelck und mir in Gemeinschaft, doch so, dass die grössere Zahl Schmelck angehört, der in diesem Jahre die Expedition begleitete.

Aus dieser Tabelle ergibt sich, dass die Differenz zwischen den aus dem specifischen Gewichte und den aus dem Chlorgehalte berechneten Salzmengen in der Regel sehr klein sind, nur die drei gleichzeitig ausgeführten Bestimmungen in den Wasserproben Nr. 261, 262 und 263 bilden in dieser Beziehung eine Ausnahme. Die grossen, hier auftretenden Differenzen sind ohne Zweifel auf einen Fehler bei der Ablesung der specifischen Gewichte zurückzuführen, die gerade für diese drei Observationen offenbar zu niedrig gefunden sind, und sich nicht mit anderen in der Nähe ausgeführten Beobachtungen in Harmonie bringen lassen. Es ist so in hohem Grade auffallend bei der Wasserprobe Nr. 262, welche in einer Tiefe von 95 Faden ungefähr 8 Meilen vom Lande entfernt geschöpft wurde, das specifische Gewicht 1·0254 anzutreffen, während man in den innerhalb liegenden Fjords, wo der Salzgehalt sonst überall kleiner ist, als im offenen Meere, in ähnlicher Tiefe eine bedeutend grössere Dichtigkeit vorfindet. Selbst in dem eingeschlossenen Skjärstadfjord, dessen Oberflächenwasser besonders salzarm ist, wurde das specifische Gewicht am Grunde 1·0260 gefunden; mit einem Worte: Dichtigkeiten, wie die in den besprochenen Fällen abgelesenen, stehen in dieser Gegend der Küste vollständig ohne Seitenstück da.

Am natürlichsten liessen diese Unregelmässigkeiten sich durch die Annahme erklären, dass die Dichtigkeiten hier um 1·001 zu niedrig abgelesen wurden, da dieselben, um diesen Werth vermehrt, sich ziemlich genau, sowohl mit den in den betreffenden Wasserproben ausgeführten Chlorbestimmungen, als mit den Ergebnissen der umliegenden Punkte, in Einklang setzen lassen.

Sieht man von den drei erwähnten Observationen ab, und berechnet aus den übrigen die durchschnittliche halbe Differenz zwischen zwei an derselben Wasserprobe vermittelst der Chlorbestimmung und vermittelst des Aräometers ausgeführten Salzbestimmungen, so resultirt als Ausdruck für diese Mitteldifferenz der Werth 0·00904, oder man erhält unter der Voraussetzung, dass die Fehler in gleichem Grade von den Chlor-, wie von den Dichtigkeitsbestimmungen verursacht wurden, für den durchschnittlichen Fehler einer Dichtigkeitsbestimmung den Werth 0·000069 und für denjenigen einer Chlorbestimmung 0·005. Die Differenzen fallen, wie man sieht, bald nach der einen, bald nach der anderen Seite, wobei jedoch zu bemerken ist, dass die Chlormengen durchschnittlich einen etwas über 0·008°/₀ höheren Salzgehalt ergaben, als die Dichtigkeiten, was indessen fast ausschliessend den nördlich vom 75. Breitengrade ausgeführten Beobachtungen zuzuschreiben ist.

Ehe ich nun dazu übergehe, eine Uebersicht der Resultate zu geben, welche sich aus diesen Observationen ableiten lassen, wird es nothwendig sein, parenthetisch einige Bemerkungen über die Tiefen- und Temperaturverhältnisse des norwegischen Meeres in losen Umrissen einzufügen. Was zu dem Ende hier mitgetheilt wird, ist hauptsächlich einer von Professor Dr. Mohn verfassten Abhandlung entnommen, welche sich in „C. F. Schübelers Växtliv i Norge" abgedruckt findet.

Die Tiefe in dem von der norwegischen Expedition untersuchten Meere, soweit dies im Westen einer Linie liegt, der von Spitzbergen nach dem nördlichen Norwegen gezogen gedacht wird, ist in grösserem Abstande vom Lande überall über 1000 Faden und steigt in der Regel bis zwischen 1500 und 2000 Faden oder noch höhere Werthe. In der Strecke zwischen Beeren Eiland und Jan Mayen erhebt sich ein Rücken, auf welchem die Tiefe nicht 1500 Faden erreicht, während sich sowohl im Süden als im Norden desselben bedeutend grössere Tiefen, bis über 2000 Faden, vorfinden. Das Ostmeer, d. h. das Meer östlich von jener Linie zwischen Spitzbergen und Norwegen, ist überall sehr seicht, da die Tiefen hier nur an wenig Stellen 200 Faden überschreiten.

Die zahlreich ausgeführten Temperaturbeobachtungen zeigen, dass das Wasser in dem von der Expedition untersuchten Theile des Ostmeeres, mit Ausnahme seiner östlichsten und nördlichsten Regionen, von der Oberfläche bis zum Grunde Wärmegrade aufweist, wie dies auch der Fall ist mit dem Wasser der norwegischen Bänke, die an einzelnen Stellen sich in nicht unbedeutender Entfernung der Küste vorlagern. Ganz anders ist das Verhältniss in dem westlich gelegenen tieferen Meere, welches in Bezug auf seine Temperaturvertheilung naturgemäss in zwei Hauptregionen zerfällt, dem östlichen Theile mit dem nordwärts fliessenden, sogenannten Golfstrom, und dem westlichen, mit dem südwärts gehenden ostgrönländischen Polarstrome. Die Grenze dieser beiden Gebiete geht von Island aus nordwärts bis Jan Mayen und krümmt sich dann in einem Bogen auf der Süd- und Ostseite um letztere Insel herum und überschreitet den 71. Breitegrad in nordöstlicher Richtung, umgefähr bei 3° westlicher Länge. Von hier biegt sie nach Osten bis zum 7° östlicher Länge und verläuft dann in nördlicher und ein wenig westlicher Richtung bis nordwärts vom 80. Breitegrad.

In dem östlich von dieser Grenze gelegenen Theile des Meeres besitzt die Oberfläche eine verhältnissmässig hohe Temperatur, welche diejenige der Luft selbst, mitten im Sommer, übersteigt, und daran nehmen auch die zunächst an der Oberfläche liegengen Schichten insoferne Theil, als sie Wärmegrade zeigen, und die Temperatur 0° erst in einer Tiefe von ungefähr 500 Faden auftritt, von welcher Tiefe an die Temperatur gleichmässig und langsam bis auf ungefähr —1·3° am Meeresgrunde herabsinkt.

Im ostgrönländischen Kaltwasserstrome ist dagegen die Temperatur schon an der Oberfläche sehr niedrig, doch im

Sommer bei eisfreiem Wasser überall über 0°, während sie bereits in der Tiefe von wenigen Faden und von da an bis zum Boden sich unter 0° hält.

In Bezug auf den Salzgehalt des Oberflächenwassers ist auf die Karte Nr. 1 zu verweisen, auf welcher man eine ziemliche Menge der Zahlen eingezeichet findet, welche sich als Mittel für die aus den Chlor- und Dichtigkeitsbestimmungen berechneten Salzgehalte ergeben. Nach diesen Beobachtungen sind dann die Grenzen für 3·55, 3·50, 3·45 und 3·40% Salz in der Gestalt eingezeichnet, wie man dieselbe für die Sommermonate annehmen darf.

Die Karte zeigt, dass der von Süden in das norwegische Meer einströmende Wärmewasserstrom, Wasser von ziemlich hohem Salzgehalte mitführt. Letzterer steigt in den südlichen Gegenden auf beiden Seiten der Farörinseln bis 3·55% oder darüber. Von hier aus setzt der Strom sich in nördlicher Richtung mit etwas geringerem Salzgehalte (ungefähr 3·525%) bis in die Nähe von Beeren Eiland fort, um sich dann zu theilen und einen Arm nach Osten in das Ostmeer hineinzusenden, während ein zweiter in nördlicher und etwas westlicher Richtung an der Westküste Spitzbergens vorbeifliesst. In dem nach Osten sich wendenden Zweige sinkt der Salzgehalt sehr langsam und gleichmässig, bis er an der Grenze des von der Expedition untersuchten Gebietes 3·50% erreicht, während derselbe in dem nordwärts fliessenden Arme sehr schnell, sogar bis unter 3·45% heruntergeht, um sich jedoch an der Nordwestküste Spitzbergens wieder bis etwas über 3°45% zu erheben.

Jener geringe Salzgehalt, wie derselbe westlich von Spitzbergen in der Oberfläche gefunden wurde, ist wahrscheinlich nur eine der wärmeren Jahreszeit eigenthümliche Erscheinung und aus der grossen Menge Süsswassers zu erklären, die dann von den mächtigen Eis- und Schneegletschern Spitzbergens sich in das anstossende Meer ergiesst.

Der Einfluss des solchergestalt von den Küsten ausgehenden Süsswassers beschränkt sich indessen hauptsächlich auf die obersten Schichten, da es sowohl aus diesen, wie aus früher publicirten Untersuchungen derselben Art mit Bestimmtheit hervorgeht, dass eine über salzhaltigerem Wasser gelagerte salzärmere Oberflächenschichte auffallend lange sich verhältnissmässig ungemischt zu erhalten vermag, so dass die von der Küste herrührende Verdünnung der Oberfläche oft 30 bis 40 Meilen in die See hinaus nachzuweisen ist, während man am Meeresgrunde in der Nähe des Landes, ja sogar in dem Inneren des Fjords ein sehr salzhaltiges Wasser finden kann. Diese Eigenthümlichkeit tritt sehr scharf in Nr. 1—8[1]

---

[1] Diese Observationen können ausserdem auch als ein Beweis für die Vorzüglichkeit des von Ekman angegebenen Wasserholers dienen, der bei dieser Gelegenheit benützt wurde.

der Observationsreihe hervor, da der Salzgehalt hier von der Oberfläche bis zur Tiefe von 1 Faden mit über 1% zunimmt, während derselbe später ziemlich gleichmässig mit nur 0·06% für jeden neuen Faden der Tiefe wächst. Die auf den Bänken Spitzbergens angestellten Beobachtungen zeigen übrigens auch ganz, wie zu erwarten, dass das Wasser dort am Meeresgrunde in einigem Abstande vom Lande einen Salzgehalt besitzt, der an bestimmten Stellen sogar bis über 3·50% hinaufgeht.

An beiden Seiten des mitten durch das norwegische Meer fliessenden salzigen Oberflächenstromes, sinkt der Salzgehalt sowohl in der Richtung nach der norwegischen Küste hin, als auch auf der den ostgrönländischen Polarstrome zugewendeten Seite. Diese Verminderung des Salzgehaltes ist aber in Folge der statthabenden Stromverhältnisse keineswegs gleichmässig und regelmässig.

So fliesst ein wenig salzhaltiger Oberflächenstrom von der Nordsee aus in nördlicher Richtung längs der norwegischen Westküste, bis derselbe beim 62. Breitegrad, wo die Küste sich nach Nordost umbiegt, letztere verlässt und seinen Weg in nördlicher Richtung weiter fortsetzt, bis seine Wirkungen sich in ungefähr 40 Meilen Abstand vom Lande unter der Hand verlieren. Ein ähnlicher, nur weniger ausgeprägter Küstenstrom geht von Westfjord aus und erstreckt sich gleichfalls ziemlich weit in das Meer hinaus, ehe sein Einfluss auf den Salzgehalt der Oberfläche vollständig verschwindet. Zwischen diesen beiden Küstenströmen drängt sich ein schmaler Arm des salzigeren oceanischen Wassers hinein, bis in verhältnissmässig geringem Abstande vom Lande, wo derselbe sich sehr scharf von dem dort das Ufer umspülenden, bedeutend salzärmeren Wasser abhebt. Sonst hält sich die Grenze des salzigeren Oberflächenwassers ziemlich ferne von der Küste mit Ausnahme einer ganz kurzen Strecke unter dem 70. Breitegrade, wo dieselbe dicht unter das Land sich hineinbiegt.

Diese Verdünnung des Oberflächenwassers, die überall an der norwegischen Küste sich geltend macht, ist nirgends von einer beachtenswerthen Verrückung der Oberflächentemperatur begleitet.

Die Verminderung des Salzgehaltes ist hier offenbar dem von den Küsten ausgehenden Flusswasser zuzuschreiben. Letzteres besitzt in den Sommermonaten einen nicht unbedeutenden Wärmegrad, so dass man in dem am meisten hervortretenden Uferstrome längs der norwegischen Westküste sogar eine etwas höhere Oberflächentemperatur antrifft, als an nahegelegenen Punkten. Ganz anders liegen die Verhältnisse auf der dem ostgrönländischen Polarstrome zugewendeten Seite des Golfstroms, wo das Wasser der Oberfläche nicht durch warmes Flusswasser, sondern durch das aus geschmolzenem Treibeise sich bildende, stark abgekühlte Süsswasser verdünnt wird, und es ist deshalb hier eine durchgehende Regel, dass ein Herabgehen des Salzgehaltes beständig von einer entsprechenden Senkung der Oberflächentemperatur begleitet ist. Die Grenze des salzigeren Wassers an der Oberfläche folgt daher auf dieser Seite häufig der Grenze des Polarstromes, aber auch da, wo beide auseinander gehen, treten doch immer beim

Übergange von salzigerem Wasser zum süsseren, gleichzeitig recht deutliche Variationen in der Temperatur auf, die mit denen des Salzgehaltes in gleicher Richtung gehen.

Dass die Oberflächentemperatur sinkt, wenn man die Grenze von 3.50% Salz überschreitet 'oder ihr sich nähert, zeigen die Beobachtungen Nr. 115 bis 120 und Nr. 207 bis 209.

Im eigentlichen Polarstrome wurde der Salzgehalt der Oberfläche in einigem Abstande von der Grenze gewöhnlich sehr niedrig gefunden, nur an einer Stelle tritt in Bezug hierauf eine Ausnahme von der allgemeinen Regel ein, insoferne sich, ungefähr unter dem 75. Breitegrad, eine schmale Zunge mit Wasser von höherem Salzgehalte in den Polarstrom hineinstreckt, ohne jedoch eine wesentliche Erhöhung der Oberflächentemperatur veranlassen zu können. Als eine Eigenthümlichkeit, welche Erwähnung verdient, ist dabei anzuführen, dass Professor Dr. G. O. Sars, welcher auf den verschiedenen Fahrten der Expedition regelmässig das Thierleben der Oberfläche der Untersuchung unterwarf, gerade an diesem Punkte, tief im Innern des Polarstromes, die für das warme Wasser des atlantischen Oceans eigenthümlichen Thierformen wiederfand, während dieselben sonst nirgends, in dem ostgrönländischen Kaltwasserstrome beobachtet wurden.

Im Bezug auf die Salzmengen der grösseren Tiefen ist auf die Karte Nr. 2 zu verweisen, auf welcher in gleicher Weise, wie oben, der Salzgehalt eingezeichnet worden ist, sowohl der am Meeresgrunde beobachtete, als auch der intermediären Tiefen zugehörige, in so weit, als bei letzteren die Beobachtungen sich auf Punkte beziehen, die so tief unter der Oberfläche liegen, dass die Temperatur derselben Kältegrade aufweist. Wo eine Observation einer intermediaren Tiefe angehört, wird dies auf der Karte durch eine unterstrichene Zahl angedeutet.

Sieht man ab von vereinzelten, in der Nähe der Küsten oder an seichten Meeresstellen geschöpften Wasserproben, so variirt der Salzgehalt in den grösseren Tiefen zwischen 3.59 und 3.45%, und es sind also auch hier Differenzen nachweisbar, wenn dieselben auch geringer sich zeigen, als die der Oberfläche.

Um diese in der Tiefe auftretenden Differenzen auf übersichtliche Weise zu markiren, habe ich die verschiedenen Wassersorten unter drei verschiedene Gruppen gebracht:

    1. welche alle die Wassermassen umfasst, deren Salzgehalt 3.50% oder darunter beträgt,

    2. welche die Wassermassen umfasst, deren Salzgehalt zwischen 3.50 und 3.55% liegt, und

    3. welche die Wassermassen umfasst, deren Salzgehalt 3.55% übersteigt.

Diese verschiedenen Wassersorten sind auf der Karte in folgender Weise abgegrenzt.

Die Grenze zwischen den der 1. und den der 2. Gruppe angehörenden Partien ist durch zwei paralell laufende Linien (==============) bezeichnet von welchen die aus Strichen bestehende auf der Seite liegt, wo man den niedrigeren Salzgehalt findet, während die punktirte sich den Wassermassen zuwendet, deren Salzgehalt zwischen 3·50 und 3·55% liegt.

Eine kleine unter die 3. Gruppe sich einordnende Partie auf dem südlichen Theile der Karte wird durch eine einfache punktirte Linie begrenzt.

Bei der Zeichnung der Karte hat man auf die Verhältnisse in der unmittelbaren Nähe der Küste keine Rücksicht genommen.

Die unregelmässige Vertheilung des Salzgehaltes der grösseren Tiefen, wie sie auf der so gezeichneten Karte zum Ausdrucke kommt, muss unzweifelhaft als eine sehr auffallende Erscheinung bezeichnet werden. Dass die Salzmengen auf den Bänken und in dem südlichen Theile des Ostmeeres fast ganz genau mit derjenigen übereinstimmt, welche man in den wärmeren, auf der Oberfläche fliessenden atlantischen Wässern findet, kann nichts überraschendes haben. Das Meer ist an ´diesen Stellen sehr untief, und das in demselben strömende Wasser besitzt überall eine Temperatur von über 0° und muss darum auch am natürlichsten dem nordwärts fliessenden atlantischen Strome (Golfstrome) zugeschrieben werden, mit dem es den auch selbstverständlich den höheren Salzgehalt theilt. In Bezug auf die grösseren Tiefen würde man indessen a priori ein anderes Resultat erwarten. Die Temperatur liegt hier ohne Ausnahme unter 0°, an den meisten Stellen sogar unter—1° und es würde darum am nächsten liegen, dem Wasser dieser Regionen polaren Ursprung zuzuschreiben. Es ergibt sich indessen mit Gewissheit aus allen mir bekannten Untersuchungen über den Salzgehalt der verschiedenen Meere, dass die von arktischen Gegenden ausgehenden Strömungen ohne Ausnahme Wasser von geringerem Salzgehalte führen, als die von milderen Gegenden ausgehenden Warmwasserströme; und man würde darnach die Erwartung hegen dürfen, in den tieferen und kälteren Schichten des hier untersuchten Meeres eine Wassermasse vorzufinden, welche weniger gesalzen wäre, als die augenscheinlich südlichen Gegenden entstammenden Gewässer der Oberfläche und der zunächst unter derselben liegenden Schichten. Der wirkliche Thatbestand ist demungeachtet der gerade entgegengesetzte, insoferne das in den tiefer liegenden Schichten sich bewegende Wasser über weite Strecken hin einen Salzgehalt nachweist, der ziemlich genau dem entspricht, welchen man in dem atlantischen Oberflächenstrome beobachtet.

Aus diesem Grunde sowohl, wie auch aus noch anderen Gründen, die weiter unten angeführt werden sollen, sehe ich mich zu der Annahme getrieben, dass das Wasser der grösseren Tiefen in den Regionen, welche auf der Karte als salzreichere angegeben sind, entweder ausschliesslich sich aus wärmeren Gegenden herschreibt, oder wenigstens und unter allen Umständen mit derartigem Wasser so gemischt ist, dass das Ganze dadurch einen deutlich atlantischen Charakter erhält, während das Wasser in den als salzärmer bezeichneten Strecken durch mehr oder wenige scharf ausgeprägte Merkmale seinen polaren Ursprung verräth.

Stellt man die Frage, in welcher Weise die oberen Schichten auf den Meeresgrund hinabgerathen, so dürfte sich dieselbe kaum anders beantworten lassen, als wenn man annimmt, dass das atlantische Wasser unter beständiger Abkühlung durch das eiskalte Wasser hindurchsinkt und dieses verdrängt, und unter allen Umständen scheint es ausgemacht, dass man für den abgegrenzten, im Osten von Jan Mayen liegenden Meeresstrich keine andere Vorgangsweise annehmen kann. Dass aber die wärmere Wassermasse in solcher Weise durch die kältere hindurchsinken sollte, könnte freilich beim ersten Anblicke als eine mit den bekannten Naturgesetzen unvereinbare Annahme sich darstellen wollen, da man zunächst glauben möchte, dass das längs der Oberfläche strömende atlantische Wasser in Folge seiner höheren Temperatur auch specifisch leichter sein müsste, als das in Übereinstimmung mit seinem niedrigeren Temperaturgrade stark verdichtete Bodenwasser. Um jeden Zweifel in dieser Beziehung zu entfernen, enthält die vorher wiedergegebene Tabelle eine Rubrik für das specifische Gewicht der Wasserproben bei der im Meere an Ort und Stelle beobachteten Temperatur und im Vergleiche mit reinem Wasser von 4° Mit Hilfe der dort berechneten Zahlen kann man mit Leichtigkeit die Variationen des specifischen Gewichtes in seiner Abhängigkeit von der Tiefe studiren, und dieselben sich so zur Anschauung bringen, wie dieselben sich im Meere in Wirklichkeit vorfinden müssen, wenn man die durch die Zusammendrückbarkeit des Wassers in grossen Tiefen verursachte Verdichtung ausser Augen lässt.

Die Region, welche in diesem Betracht uns am meisten interessirt, ist diejenige, in welcher an der Oberfläche und in den ihr zunächst liegenden Schichten ein bestimmt ausgeprägter atlantischer Warmwasserstrom nachzuweisen ist, d. h. mit anderen Worten: die Region, welche ziemlich genau mit dem Theile des Meeres zusammenfällt, welcher südlich von der Island mit Beeren Eiland verbindenden Linie liegt, wobei jedoch die Norwegen zunächst anliegende Partie abzurechnen ist, weil hier die von den Küsten ausgehende Verdünnung sich geltend macht. Gruppirt man die in diesem Gebiete erhaltenen Beobachtungen über den Salzgehalt und das specifische Gewicht — letzteres auf die Temperatur des Meeres und den Druck einer Atmosphäre reducirt, — so erhält man folgendes Resultat.

Tiefenintervalle	Mittlere Tiefe	Mittlerer Salzgehalt	Mittleres specifisches Gewicht bei der Meerestemperatur
Englische Faden		$^0/_0$	
0	0	3·526	1·02688
0—300	167	3·514	1·02782
300—600	502	3·521	1·02812
600—1000	681	3·513	1·02802
1000—1500	1203	3·506	1·02800
unter 1500	1688	3·507	1·02800

Die in dieser Tabelle für den Salzgehalt der obersten, zwischen 0 und 300 Faden Tiefe liegenden Schicht auftretende Zahl ist indessen ohne Zweifel zu niedrig, da ein unverhältnissmässig grosser Theil der Beobachtungen in diesem Tiefenintervalle dem Ostmeere angehört, dessen Salzgehalt überall kleiner ist, als der des centralen und südlichen Theiles unseres Arbeitsfeldes. Die Observationen, welche bei dieser Tiefe in grösserem Abstande von der Küste angestellt wurden, deuten darauf hin, dass der Salzgehalt dort ziemlich genau demjenigen entspricht, der an denselben Stellen an der Oberfläche gefunden wurde. Diese aus der geographischen Vertheilung der Beobachtungen in geringeren Tiefen resultirende Unsicherheit übt indessen keinen wesentlichen Einfluss auf den als Mittel aus den specifischen Gewichten sich ergebenden Zahlenwerth, da die in den nördlichen Gegenden aus der Abnahme des Salzgehaltes folgende Verminderung des specifischen Gewichtes so gut wie vollständig durch die Vermehrung desselben, in Folge der dort herrschenden niederen Temperatur, ausgeglichen wird.

Es zeigt sich also, dass die Differenzen zwischen dem Salzgehalte der atlantischen Oberflächenschicht und demjenigen der auf dem Boden ruhenden eiskalten Wassermasse durchschnittlich nur sehr geringfügig sind, obwohl sie an den Punkten, wo das Wasser in den tieferen Schichten überwiegend polaren Charakter trägt, sich leichtlich mehr geltend machen dürften. Diese Differenzen von ungefähr $0.02^0/_0$ sind jedoch mehr als genügend, um in den untersten, am meisten abgekühlten Schichten des atlantischen Wassers, wie die Tabelle nachweist, ein zwar schwaches, aber doch sehr deutliches Maximum des specifischen Gewichtes hervorzurufen, und zwar ist dies hauptsächlich dem Umstande zuzuschreiben, dass des Meereswasser bei einer Abkühlung unter den Nullpunkt sich seinem Dichtigkeitsmaximum nähert, in dessen Nachbarschaft die schon von vornherein unbedeutenden Variationen der Temperatur nur von fast verschwindend kleinen Veränderungen des Volumens begleitet werden, so dass unter diesen Verhältnissen eine an sich geringe Vermehrung des Salzgehaltes einen grösseren Einfluss auf die Dichtigkeit üben muss, als eine ziemlich bedeutende Änderung in der Temperatur.

Somit liegt aber, nach dem eben Gesagten, in der Vertheilung des specifischen Gewichtes nach den verschiedenen Wasserschichten so durchaus kein Grund, um die vorher gemachte Annahme von einem Durchsinken der atlantischen Gewässer durch das kalte Polarwasser zu beanständen, dass man vielmehr gerade aus diesen Dichtigkeitsverhältnissen zu ähnlichen Schlüssen sich getrieben sieht, es müsste denn sein, dass die anderen im Meere herrschenden Strömungen einem solchen Herabsinken entgegen wirkten. Man denke sich z. B. im Meere zwei nebeneinander liegende Wassersäulen von 2000 Faden Tiefe, in welchen man die Variation der Temperatur nach der Tiefe der Einfachheit wegen dieselbe sein liesse, während man bei der ersten von oben bis unten den gleichen Salzgehalt von $3.52^0/_0$

voraussetzte, bei der anderen aber demselben in dem Intervalle zwischen der Oberfläche bis 500 Faden Tiefe den Werth $3.52^0/_0$ und von 500 bis 2000 Faden den ‚Werth $3.50^0/_0$ beilegte, wie solches nach den Observationen an einzelnen Stellen des untersuchten Meeres wirklich dem Thatbestande zu entsprechen scheint. Es wird denn unmittelbar einleuchtend sein, dass eine· solche Vertheilung des Salzgehaltes ein Herabsinken des Wassers in der ersten Säule zur Folge haben wird, welches demgemäss genöthigt ist, sich auf dem Meeresboden auszubreiten und das umliegende specifisch leichtere Wasser zu verdrängen. Die Geschwindigkeit, mit welcher eine derartige Bewegung vor sich geht, wird sich natürlich nach der Differenz zwischen den von den beiden Säulen in gleichem Niveau geübten Druck richten müssen; eine Differenz, welche im angenommenen Falle am Meeresboden bei 2000 Faden Tiefe nach meiner Berechnung ungefähr einer Quecksilbersäule von 32 Mm. entsprechen würde.

Zur näheren Begründung der oben aufgestellten Hypothese, nach welcher die auf der Karte als salzreicher bezeichneten Wassermassen atlantischen Ursprung haben sollten, können aber auch noch die in einer früheren Abhandlung[1] beschriebenen Beobachtungen über die im Seewasser enthaltenen Stickstoffmengen angewendet werden, wie das schon am betreffenden Orte lose angedeutet wurde.

Wie bekannt, herrschte in früheren Zeiten die Anschauung, dass die im Meereswasser der grösseren Tiefen enthaltene Luftmenge in Folge des dort herrschenden ungeheuren Druckes eine unverhältnissmässig grosse sein müsse. Die Irrthümlichkeit dieser Annahme ist jedoch durch die späteren Untersuchungen vollständig nachgewiesen. Es liegen freilich Beobachtungen der englischen Challengerexpedition vor, nach welchen die in· der heissen Zone vom Meeresgrunde aufgenommenen Wasserproben, wenn man dieselben einige Zeit hinstehen liess, Übersättigungsphänomene zeigten, aber dies ist ja keineswegs schwer zu verstehen, wenn man nur daran denkt, dass das Wasser der grösseren Tiefen sogar in der Aequatorialgegend sehr nahe Eiskälte besitzt. Es liegt nämlich in der Natur der Sache, dass die einer so niedrigen Temperatur entsprechenden Luftmengen nicht mehr vom Wasser festgehalten werden können, wenn dieses

---

[1] Journal für prakt. Chemie, N. F. 19—422.

nach längerem Hinstehen die höhere Lufttemperatur der tropischen Gegenden angenommen hat. Am deutlichsten sprechen die auf der norwegischen Expedition ausgeführten Luftbestimmungen dafür, dass die Zunahme des Druckes in der Tiefe keinen irgendwie nachweisbaren Einfluss auf die Menge der im Seewasser enthaltenen Luft ausüben kann. Nimmt man nämlich die Mittel aus den Tiefen, den Temperaturen und den Stickstoffmengen für sämmtliche, von Punkten unter der Oberfläche herrührenden Wasserproben, mit welchen auf dieser Expedition Luftbestimmungen ausgeführt wurden, so bekommt man zu einer Mitteltiefe von 693 Faden eine mittlere Temperatur —0·05° und einen mittleren Stickstoffgehalt von 13·99 CC per Litre, mit anderen Worten: das Wasser der Tiefe enthält durchschnittlich beinahe 0·5 CC Stickstoff weniger, als es bei derselben Temperatur und nur einer Atmosphäre Druck würde auflösen und festhalten können.

Wenn man sich vergegenwärtigt, dass es sich hier in den Meerestiefen nicht um Druckunterschiede von nur einigen, sondern um den von hunderten von Atmosphären handelt, so müsste man doch erwarten dürfen, dass der Einfluss dieser Druckdifferenzen (wenn derselbe überhaupt eine Rolle spielt) sich durch Unregelmässigkeiten von nachweisbarer Grösse an den Tag legen würde. Da dies aber nicht im geringsten der Fall ist, so ist man doch gewiss im vollsten Masse zu dem Schlusse berechtigt, dass der Druck nicht das Vermögen besitzt, die Luftmengen in den grösseren Tiefen in irgend merkbarer Weise aufzuhäufen.

Auf der anderen Seite muss man aber vernünftigerweise doch annehmen, dass das Wasser der tieferen Schichten auch nichts von seinem Luftgehalte wird abgeben können, da es ja in Folge des herrschenden Druckes weit grössere Luftmengen würde aufnehmen können, als man je in demselben gefunden.

Die nächstliegende Folgerung aus den Beobachtungen der späteren Zeit über diesen Gegenstand dürfte deshalb die sein, dass eine Wasserprobe, so lange dieselbe sich unter der Oberfläche befindet, unveränderlich dieselbe Luftmenge oder richtiger Stickstoffmenge [1] bewahrt, welche sie damals absorbirt hatte, als

---

[1] Die absorbirte Sauerstoffmenge ist nämlich in gewissem Grade vom Thierleben und anderen Zufälligkeiten abhängig, so dass es wohl das richtigere sein wird, hier ebenso wie in der früheren Abhandlung die Stickstoffmenge als Mass der gesammten Luftmenge anzuwenden.

sie zum letzten Male an der Oberfläche sich befand und der freien
Einwirkung der Luft ausgesetzt war.

Nun ist aber die Luftmenge, welche das Seewasser aus
der Atmosphäre aufnimmt, hauptsächlich von der Temperatur
abhängig, da die Variationen des Barometerstandes grösseren
Temperaturveränderungen gegenüber nur eine untergeordnete
Bedeutung haben. Hieraus ergibt sich unmittelbar, dass die
Wassermassen, welche ihre Luftmenge unter warmen Himmels-
striche absorbirt haben, verhältnissmässig luftarm sein müssen,
während diejenigen, welche ihren Luftgehalt in den arktischen
Gegenden aufgenommen haben, viel grössere Luftmengen ent-
halten werden, und man wird darum gerade in den auf der
Expedition ausgeführten Gasanalysen ein vorzügliches Mittel
besitzen, zur Prüfung der oben aufgestellten Hypothese, gemäss
welcher einzelne Regionen der eiskalten Tiefen mit Wasser
angefüllt sind, dem wenigsten theilweise ein atlantischer Ursprung
zuzuschreiben ist.

Um den Ausfall einer solchen Controle zu veranschaulichen,
habe ich die Karte Nr. 3 entworfen, auf welcher ich, nach demselben Principe, wie bei der Zeichnung der Karte Nr. 2, die in
der Tiefe gefundenen Stickstoffmengen in CC per Litre einge-
tragen habe, nachdem dieselbe auf 0° und 760 Mm. Druck
reducirt waren. Neben diesen Zahlen des Stickstoffgehaltes sind
zugleich die Temperaturen angeführt, bei welchen das Meereswasser eine solche Stickstoffmenge absorbirt, wie ich dieselben,
bis auf den nächstliegenden ganzen Grad, nach der aus den
früher beschriebenen Versuchen abgeleiteten Formel:

$$N = 14{\cdot}4 - 0{\cdot}23\,t°$$

berechnet habe. Es versteht sich von selbst, dass diese Temperaturen keinen Anspruch auf einen grösseren Grad von
Genauigkeit machen können, da ein verhältnissmässig kleiner
Fehler in der Stickstoffbestimmung einen sehr grossen Fehler in
der daraus berechneten Temperatur zur Folge hat. Man findet
solchergestalt, einige Observationen, welche die Temperatur
—4° ergaben, eine Temperatur, die meines Wissens nicht im
Meere beobachtet ist. Dies wird indessen noch weniger auffallend
erscheinen, wenn man beachtet, dass Seewasser von —2° bei
780 Mm. Barometerstand eine Stickstoffmenge absorbirt, welche

ziemlich genau die Höhe erreicht, welche in den äussersten Fällen gefunden ist.

Ebenso wie auf der Karte Nr. 2 sind auch auf der Karte Nr. 3 die verschiedenen Wassersorten in 3 Gruppen eingetheilt.

1. welche alle die Partien umfasst, deren Stickstoffgehalt 14·4 CC per Liter überschreitet.

2. welche die Partien umfasst, deren Stickstoffgehalt zwischen 14·4 und 12·5 liegt, und

3. welche die Partien umfasst, deren Stickstoffgehalt 12·5 nicht erreicht.

Die Grenze zwischen den zur 1. und den zur 2. Gruppe gehörenden Wassermassen ist auch hier durch eine doppelte Linie angedeutet, deren punktirte Seite sich den Partien zukehrt, bei welchen der Stickstoffgehalt zwischen 14·4 und 12·5 liegt, während die aus Strichen zusammengesetzte Linie sich den Wassermassen anschliesst, deren Stickstoffgehalt 14·4 CC überschreitet.

Ebenso findet man auch auf dem südlichen Theile dieser Karte eine kleinere Partie, deren Stickstoffgehalt unter 12·5 herabgeht, durch eine einfache punktirte Linie umschlossen.

Auf die Verhältnisse in der unmittetbarsten Nähe der Küsten ist bei der Zeichnung dieser Karte ebenfalls keine Rücksicht genommen.

Die Bedeutung dieser Grenzlinien für die Beantwortung der Frage, ob eine Wasserprobe atlantischen oder polaren Charakter trägt bleibt hier natürlich dieselbe wie bei der Karte Nr. 2, da man annehmen muss, dass die Wassermassen, welche einen hohen Stickstoffgehalt besitzen, diesen bei einer niedrigen Temperatur absorbirt haben, und somit am natürlichsten als von polarer Herkunft anzusehen sind, während auf der anderen Seite die stickstoffärmeren Wasserproben, die bei einer höheren Temperatur gesättigt sind, wahrscheinlich aus atlantischen Gegenden herstammen werden.

Bei Vergleichung der Karten Nr. 2 und 3 wird es augenblicklich in die Augen fallen, wie der Verlauf der Grenzlinien auf beiden in allem Wesentlichen eine überaus grosse Übereinstimmung zeigt, die an vielen Punkten fast in Congruenz übergeht, obwohl man bei genauerer Betrachtung freilich auch bemerken wird, dass diese Gleichheit sich nicht bis auf alle Details erstreckt, wie dies ja auch von vornherein nicht zu erwarten war. Bei der geringen Anzahl der Beobachtungen wird es nämlich sehr schwierig, die Grenzen auf der Karte Nr. 3 genau zu bestimmen; es findet sich sogar hier, um den 65. Breitegrad herum, ein grösserer Meeresstrich, über den man nichts mit Gewissheit ausmachen kann, da gerade von den Luftproben, die dazu bestimmt waren, diese Lücke zu füllen, bei der Analyse ein Theil verloren ging, so dass die gesammte Luftmenge derselben leider nicht ermittelt werden konnte. Ausserdem sind die Observationsfehler sowohl bei den Salz- als bei den Stickstoffbestimmungen immer noch von solcher Grösse, dass dieselben im Vergleiche mit den kleinen Differenzen, auf deren Nachweis es hier ankommt, leicht hie und da sich geltend machen und Abweichungen veranlassen können, die bei durchaus genauen Beobachtungen von selbst verschwinden würden.

Mag man nun aber auch diesen Unterschieden der beiden Karten ein noch so grosses Gewicht beilegen, so ist es doch unläugbar, dass dieselben blos als Ausnahmen auftreten, während die weitaus vorwiegende Regel in einer so ausgeprägten Übereinstimmung besteht, dass dieselbe nicht ohne weiters dem Zufall zugeschrieben werden kann. Es existirt unwidersprechlich eine an manchen Punkten fast an Proportionalität grenzende Gesetzmässigkeit in den Verhältnissen zwischen den Salzgehalten und den Stickstoffmengen, für welche sich wohl kaum in anderer Weise eine Erklärung geben lassen dürfte, wenn man nicht auf die oben aufgestellte Hypothese zurückgehen will, der man, nach dem Gesagten, jedenfalls einen ziemlich grossen Grad von Wahrscheinlichkeit zugestehen muss, da dieselbe durch jene zwei, voneinander vollkommen unabhängige und unter sich ungleichartige Observationsreihen, die doch in allem Wesentlichen dasselbe Resultat ergaben, eine beachtenswerthe Unterstützung erhält.

Die, meines Erachtens, grösste Schwierigkeit bei dieser Hypothese besteht darin, eine Erklärung dafür zu geben, wie das in den grossen Tiefen strömende atlantische Wasser die niedrige Temperatur angenommen hat, welche demselben nach den Beobachtungen eignet. Hierfür dürfte sich indessen doch wohl ein annehmbarer Grund anführen lassen, wenn man nur bedenkt, wie der warme, vom Süden herkommende atlantische Strom, während er über das ihm untergelagerte, sehr kalte Wasser hinfliesst, jedenfalls in seinen unteren, der kalten Unterlage benachbarten Schichten einer sehr starken Abkühlung ausgesetzt ist, und erst durch diese Abkühlung bis auf ungefähr 0° die Höhe des specifischen Gewichtes erreicht, welche die unentbehrliche Bedingung dafür darbietet, dass seine Gewässer auf den Meeresgrund herabsinken. Dieses atlantische Wasser hat somit, schon ehe es seine abwärts gerichtete Bewegung beginnt, eine sehr niedrige Temperatur angenommen, und wird ausserdem unter dem Niedersinken, da es sich ja dabei, vielleicht während der Dauer eines längeren Zeitraumes, überall von polarem Wasser umgeben sieht, noch in weitergehendem Grade Wärme abgeben müssen, bis es den Boden des Meeres erreicht.

Es erhellt übrigens auch aus den noch nicht veröffentlichten Temperaturbeobachtungen, mit welchen ich mich indessen durch Herrn Professors Mohn Güte habe bekannt machen dürfen, dass die Temperatur der grösseren Tiefen in den als atlantisch bezeichneten Partien der Karte etwas höher ist, als in den polaren, so dass in Wirklichkeit auch die Temperaturverhältnisse der aufgestellten Hypothese das Wort reden.

Es würde indessen auf diesem Stadium der Frage, wo die zahlreichen während der Expedition gemachten Temperaturbestimmungen noch der Veröffentlichung warten, hier kaum der rechte Ort sein, um auch nur einen Versuch zur Beseitigung aller Schwierigkeiten zu machen, da man allein durch eine gewissenhafte Berücksichtigung des ganzen vorliegenden Materials der Beobachtungen einen klareren Einblick in die verwickelteren Fragen über die Strömungsverhältnisse zu erlangen im Stande ist. Es dürfte jedoch keine zu dreiste Hoffnung sein, dass man später durch Combination aller Data manchen noch dunkeln Punkt in ein helleres Licht wird setzen können.

Beklagenswerther Weise war es bei der Ausreise der Expedition nicht möglich, den Umstand vorauszusehen, dass die chemischen Observationen zu Schlüssen solcher Art, wie dies im Vorangehenden angedeutet, würden Anlass geben können, und darum ist es nur natürlich, wenn diese unsere Untersuchungen über bis dahin unbekannte Eigenthümlichkeiten des Meeres nicht so vollständige Resultate haben ergeben können, als man wohl wünschen möchte. Aber wenn auch diese Untersuchungen unter solchen Verhältnissen sich zunächst mit dem Charakter vorläufiger Arbeiten begnügen müssen, so wird man doch, wie ich hoffe, einräumen müssen, dass dieselben demungeachtet ihre vielleicht nicht unwichtigen Früchte tragen können, insoferne sie den Beweis dafür liefern, wie man gerade in den chemischen Observationen (denen man früher beim Studium der Physik des Meeres nur eine untergeordnete Rolle im Vergleiche mit den Temperaturbestimmungen und Tiefenmessungen einzuräumen pflegte) ein wichtiges

Mittel besitzt, durch welches man sich bedeutsame Aufschlüsse über manche eigenthümliche Verhältnisse des Meeres zu schaffen vermag, zu deren Erforschung sonst kaum ein anderer Weg sich öffnen dürfte. Mit Hilfe der hier erhaltenen Resultate wird man mit leichter Mühe in Zukunft einen detaillirten Plan für eine erneute Untersuchung des norwegischen Meeres entwerfen können, was, nach meiner Ansicht, auch schon darum sich als besonders wünschenswerth darstellt, weil man, wenn man ein bisher ganz unbekanntes Meer zum Gegenstande der Bearbeitung wählen wollte, kaum darauf rechnen dürfte, einen Meerestheil zu finden, der in Bezug auf seine Stromverhältnisse so instructiv ist, wie das norwegische Meer.

Bei einer derartigen zukünftigen Untersuchung dürften die auf der norwegischen Expedition benützten Arbeitsmethoden nicht in allen Beziehungen aufs Neue in Anwendung gebracht werden, und es wird darum nicht unbefugt erscheinen, wenn ich hier am Schlusse noch mit kurzen Worten die Mängel andeute, die jenen angeklebt haben.

Die bisher zu den Salzbestimmungen benützten Methoden, bei welchen alle hierhin gehörigen Beobachtungen am Bord ausgeführt werden, dürfen ohne Zweifel in Zukunft nicht mehr angewendet werden, da man auf diesem Wege, trotz aller angewendeten Mühe, nicht die Genauigkeit erzielen kann, deren es bedarf, um mit gewünschter Sicherheit die im Meere vorkommenden oft sehr kleinen Differenzen nachzuweisen. Auf der norwegischen Expedition benützte man dieses Verfahren, weil man mit den Aussprüchen älterer Chemiker vor Auge, die Furcht hegte, dass das Seewasser sich nicht längere Zeit würde aufbewahren lassen, ohne verschiedenen Veränderungen ausgesetzt zu sein. Nach meiner Erfahrung ist diese Befürchtung jedoch nur dann begründet, wenn man zur Aufbewahrung des Wassers sich solcher Gefässe bedient, die mit Korkstöpseln geschlossen sind. Ich habe nämlich mehrere Wasserproben, die ungefähr zwei Jahre in solcher Weise aufbewahrt worden, der Untersuchung unterworfen und gefunden, dass sie alle ohne Ausnahme Veränderungen solcher Art erlitten, dass man berechtigt sein muss, dieselben als ungeeignet zu Dichtigkeitsbestimmungen zu bezeichnen; während bei Wasserproben, welche eine ähnliche Zeit hindurch in Flaschen mit eingeschliffenem Glasstöpsel hingestanden hatten, es unmöglich war, irgend welche Eigenthümlichkeit nachzuweisen, durch welche dieselben von frisch geschöpftem Wasser sich unterscheiden könnten. Dass ein Theil des Wassers verdunstet, wird man freilich auch bei dieser Aufbewahrungsweise zu befürchten haben, und um sich gegen diese Fehlerquelle zu sichern, wird man sich entschliessen müssen, die zur Ermittelung des Salzgehaltes bestimmten Wasserproben in zugeschmolzenen Glasröhren mitzunehmen.

An den so aufbewahrten Wasserproben wird man nach der Heimkehr mit Hilfe von Sprengels Pyknometer das specifische Gewicht, und mit Hilfe von Wägungsanalysen den Chlorgehalt mit der gewünschten Genauigkeit bestimmen können, die zu erreichen man sich bei der Arbeit am Bord nie wird Hoffnung machen dürfen, und zu gleicher Zeit erlangt man dadurch den Vortheil, directe Salzbestimmungen als Controle benützen zu können.

Gegen die während der Expedition ausgeführten Luftbestimmungen wird sich kaum eine wesentliche Einwendung erheben lassen, es sei denn, dass man dabei sich aufhalten wollte, dass die benützten Wasserproben mittelst Apparaten aufgenommen wurden, die nicht durch eine schlechtleitende Hülle gegen Wärmeaufnahme geschützt waren, so dass die Möglichkeit vorliegt, dass dieselben bis zu ihrer Ankunft an der Oberfläche eine im Verhältnisse zu ihrem Luftgehalte etwas zu hohe Temperatur angenommen haben könnten. In einem Meere, wie dem von uns untersuchten, wo nur eine sehr dünne Schicht an der Oberfläche eine Temperatur von über 5° besitzt, kann dieser Fehlerquelle jedoch kaum irgend welche Bedeutung zuerkannt werden, zumal das Wasser, das nur schwach mit Luft übersättigt ist, nur sehr langsam seinen überschiessenden Luftgehalt abgibt.

Der zum Auskochen benützte, von Jacobsen beschriebene Apparat wurde in allen wesentlichen Stücken sehr bequem erfunden, nur dürfte es vielleicht zweckmässig sein, dem Luftsammlungsrohre eine etwas veränderte Gestalt zu geben, wodurch man leicht die Schwierigkeit vermeiden könnte, mit welcher man jetzt zu kämpfen hat, um die Luftmengen ohne Verlust in das Eudiometer überzufüllen.

Die hier beschriebenen Observationen sind, so weit sie nicht an Bord angestellt wurden, in dem chemischen Laboratorium der Universität in Christiania ausgeführt.

Christiana, December 1879.